新潮文庫

いっちばん

畠中 恵著

新潮社版

9076

目次

挿画　柴田ゆう

いっちばん

いっちばん

1

お江戸の空は朝から一面の青で、暖かな日となっていた。振り売りの声がゆったりと、風に乗り通りを渡ってゆく。

だが廻船問屋《かいせんどんや》兼薬種問屋《やくしゅどんや》、長崎屋《ながさきや》の離れでは、通町界隈《とおりちょうかいわい》を縄張りとする岡っ引き、日限《ひぎり》の親分と若だんなが、難しい顔をして首を傾《かし》げていた。縁側の外に脱いである下駄の脇《わき》では、親分と共に入ってきた茶色の犬が、やはり首を傾げている。

茶と菓子を運んできた手代《てだい》の仁吉《にきち》は、そんな二人と一匹の様子を見て、さっと眉《まゆ》を顰《ひそ》めた。

「どうしました若だんな。もしかして、また熱が出たんですか。それどころか、心の臓が苦しいとか？　直《す》ぐに布団《ふとん》を敷きましょう」

若だんなの兄《にい》やである仁吉は、それは涼やかな目元の若者であった。だが、付け文もおなごからの誘いも放ったまま、ひたすら体の弱い若だんなのことを心配すること、尋常ではない。

今日も、目の前でのんびり考え事をしていた若だんなが、ちょいと眉を顰《しか》めた途端、死にはしないかと真剣に案じ、顔を覗《のぞ》き込んできた。そんな仁吉を心配させたままでいると、じきに恐ろしい味の薬湯が、目の前に現れたりする。よって若だんなは、急いで首を振った。

「仁吉、今日困っているのは、私じゃないんだ。日限の親分さんだよ」

「あれま、そりゃあ……」

いつものことだと言いかけて、仁吉は器用にその言葉を飲み込んだ。とにかく若だんなが無事ならば、日の本もお江戸も長崎屋も安泰と思っているらしい。よってぐっと落ち着くと、仁吉は大福餅《だいふくもち》の入った木鉢を部屋内の火鉢の横に置いた。

そもそも日限の親分は、若だんなが寝込んで相談に乗れなくなると、何故《なぜ》だか少々、捕り物の腕が落ちるのであった。そして若だんなときたら、しょっちゅう寝込んでいるものだから、親分もお役目で活躍できぬことが、それは多くある。

しかし、だ。捕り物は岡っ引きが一人でするものではない。岡っ引きの上には同心の旦那《だんな》がいて、その指示がある。下っぴきだとている。よって平素のお勤めで、親分が困ることはまず無いはずであった。

だが。今日の親分は、しかめ面《つら》でこぼしていた。

「ここんとこ通町で、質《たち》の悪い掏摸《すり》が、でけえ顔をしてやがってな。どうにも気にくわねえことなんだ」

仁吉は火鉢に網を置き大福餅を炭火で炙《あぶ》りつつ、「ああ、あれですか」と言って頷《うなず》いた。ここ暫《しば》く、長崎屋の前を通る通町界隈では、懐《ふところ》のものを掏《す》り盗《と》られる騒ぎが続いているのだ。

江戸で掏摸は珍しくもない。とはいえ通町に出たこの掏摸は、大店《おおだな》の主《あるじ》や金持ちを狙《ねら》うので、被害が大きかった。それで話題になっているのだ。

「先日、紙入れごと大事な書き付けを無くした大店の旦那がいてな。奉行所へ、掏摸を何とかして欲しいと泣きついたようなんだ」

町の裕福な者達が、日頃奉行所や同心、岡っ引きへ心付けを渡すのは、いざというときの頼りにしたいからだ。それがとんと役に立たぬと思われては、役人の懐を暖める寄進が入らぬことになる。よって同心や岡っ引きは今、平素以上につり上がった目を掏摸に向けていた。

「そいつは大変でございますねえ」

仁吉はあまり気の入らぬ様子で言いつつ、若だんなや親分に、こんがりと焼けた大福餅を勧めた。親分は悩んだ顔のまま、あっと言う間にその大福を平らげてゆく。若だんなが一つ目の半分も食べられない内に、熱々の大福を三つも腹に収めていた。

すると、離れの隅で部屋が僅《わず》かに軋《きし》む。甘い匂《にお》いに誘われたかのように、影の内に現れた者がいたのだ。

身の丈数寸、恐ろしい顔をした小鬼達で、鳴家《やなり》という家を軋ませる妖《あやかし》だ。だが何匹現れても、親分はとんと騒がない。鳴家は、人にその姿が見えぬ妖であった。

しかし同じ人であっても、実は若だんなだけは鳴家達をはっきりと見ている。若だんなの祖母ぎんは大妖《たいよう》であり、よって人ならぬ血を引く若だんなには妖が分かるのだ。手代として長崎屋で働く二人の兄や、仁吉と佐助《さすけ》も、その正体は白沢《はくたく》と犬神《いぬがみ》という妖だった。

一方日限の親分は、目の前に妖がいるとも知らず、己の考えにふけっている。

「実はな若だんな、その掏摸が誰なのか、大体目星が付いてるんだ」

先日油問屋の主が掏摸られた財布は、特徴のある品であった。奉行所は、それが古道具屋へ持ち込まれたのを摑《つか》んだのだ。売りに来たのは女だったという。

「女掏摸ですか」

「いや、掏摸ったのはその女じゃない。この辺りの商人が集まった料理屋でも、紙入れが掏摸られてる。その席にはな、男しかいなかったんだ」

同心の旦那達は、まず男が金目の物を掏摸り盗った後、その品を素早く女に渡し、逃げたとみている。その品物を、後で女が換金したのだ。おすまという女が調べられ、富治郎《とみじろう》という親しい男がいることが分かった。

「そこまで目星が付いておいでなら、どうして二人を、捕まえないんですか？」

若だんなと鳴家達が、揃《そろ》って首を傾げる。ここで親分が、腕を組んで溜息《ためいき》をついた。

「男にはまだ、掏摸だという間違いのない証拠ってぇやつが、無いのさ」

これを聞き、若だんなが目を見開いた。並の町人であれば、怪しいと疑われたら、あっさり番屋へ行くはめになる。今度の掏摸は、そんな扱いをされない者らしかった。

「ひょっとしてその掏摸は、お武家ですか？　それとも……結構裕福な家の者なんですかね」

「そいつはなあ、打物屋《うちものや》の次男坊だったんだよ。包丁を主に扱う老舗《しにせ》の大店、黒川屋だ」

ここで親分が顔を顰《しか》めた。

「さっき料理屋で紙入れが掏摸られたと言ったが、そいつは結構ごつい品でね」

金唐革《きんからかわ》を使った品で、香が焚《た》かれた上物であったという。これは料理屋からいつの間にか消え、まだ皆が話し合いをしている刻限に、古道具屋へ売り払われていた。

その日、富治郎はずっとその席にいたのだ。富治郎を掏摸だと決めつけるとなると、黒川屋は事の説明を求めてくるだろう。大店であれば、大概馴染《なじ》みの岡っ引きや同心がいる。騒ぎとなれば、お店はその者達を頼るから、事はややこしくなる。

「勿論《もちろん》掏摸ってから、おすまに紙入れを渡したんだろうさ。だが富治郎は料理屋の外には出ていない。どうやって紙入れをこっそりおすまへ渡したのか、まだ分かっていないんだよ」

会合は料理屋の奥の間で開かれており、厠《かわや》も奥にあった。店で働く者達は馴染みの顔ばかりで、掏摸の片棒を担《かつ》ぐ者はいない。

一方おすまは飴売《あめう》りで、気軽にあちこちの町へ行くが、料理屋の奥に紛れ込むことは出来ない。なのに、いつの間にやら紙入れは店から出てしまっていた。

「分からねえ……」

このまま捕らえても、その日店に居たことを言い立てられては、富治郎に罪を問う事は出来ないのだ。

するとここで、若だんなが首を傾げた。

「あの、ちょいと不思議に思ったんですが、富治郎さんの家は、裕福じゃないんですか？　大店の息子が、どうして人様の紙入れに手を出すのでしょう」

店が傾いて小遣いが無いのかと問われ、親分は首を振った。手堅い商い故《ゆえ》、黒川屋は繁盛《はんじょう》している。ただ、しっかりした主がいるせいで、次男の富治郎では、店の金子《きんす》を思うままには出来ないのだ。

「ところが最近その馬鹿《ばか》息子が、景気よく人に金子を恵んでやっているんだそうな。芝居が好きだってえから、義賊でも気取っているのかねえ」

仁吉はその話を聞くと口の端をくいと上げ、見事な焼き色の五つめの大福を、親分に差し出した。小鬼達は、親分がもう十分だと言って断らぬかと、火鉢の陰で待ちかまえたが……親分は嬉《うれ》しそうに大福をつまみ、ぱくりと口にしてしまう。そして食べながら、ぐっと眉間《みけん》に皺《しわ》を寄せた。

「俺ぁ、富治郎のやりようが嫌いなんだよ」

そう言うと、ひょいと若だんなを見た。

「若だんな、もし、だよ。お前さんがどうでも罪を犯さなきゃならなくなったら、まずどうするね？」

「親分さん、若だんなは間違ったことなどしませんよ」

「仁吉、そういう話をしてるんじゃないよ。そうですねえ……とりあえず長崎屋に迷惑がかからないよう、家を出るかな」

「若だんな、店より若だんなが大事です」

「仁吉、話が違うんだってば！」

「そうだよな。たとえ大店であっても、身内が罪を犯したとお上にばれたら、店は取りつぶされるかもしれねえもんな」

この世の中、己の犯した罪は己の内だけには留まらず、身内や縁者に及んでゆくのだ。

だから親は、息子がとんでもない放蕩者《ほうとうもの》に化けると、久離勘当《きゅうりかんどう》を届け出て身内との縁を切ったりする。災いが家族に及ばぬようにするのだ。

「だがあの馬鹿息子富治郎は、今ものんびり家で暮らしてる」

つまり富治郎は、やったことの責任を己で取る覚悟をしていないのだ。

「もし今息子の罪が暴《あば》かれたら、黒川屋さんが親馬鹿でなくとも富治郎を庇《かば》うだろうね」

大罪を犯した訳ではないから、親が庇いあちこちに金を払えば、結局罪はうやむやになるかもしれない。いや、己の店、家族、奉公人達を助ける為《ため》に、黒川屋は必死に罪を揉《も》み消すだろう。

「だから富治郎は、人の金を盗っても平気でいるのさ。義賊の芝居めいたことをして楽しんでいるんじゃないかと思う」

だが、あれはただの放蕩息子だ。

「人間、一両、二両の金に困らなくなると、落ちている一文を拾わなくなる。そういう奴《やつ》は金を稼ぐより、誰ぞにでけえ顔をしたくなるらしい」

金を差し出された人が己に頭を下げるのが、快いのではないかと親分は言う。

「虫酸《むしず》が走らあね」

絶対に、いい加減には済まさないと、日限の親分は息巻いている。力説する親分を見て仁吉は僅かに笑うと、焼けた大福をまた二人に渡した。

まだ一つ目を食べ終らない若だんなは、畳の上で待ちかまえている小鬼に、こっそりその大福をあげようと親分の目につかぬよう体で隠しつつ、餅を持った手を後ろに回した。

ところが、ここで思わぬ邪魔があった。

先程から庭にいた茶の犬が、その時素早く縁側から上がり込んで来ると、小鬼よりも先に大福へ駆け寄り、大きな口でぱくりとかぶりついてしまったのだ！

途端、離れの軒先が大きく軋む。

「若だんなの菓子を取ったな！」

仁吉が火鉢に刺してあった金箸《かなばし》で、ぱしりと犬の背を打った。驚いた犬は早々に庭へ降り、走って逃げて行った。若だんなが呆然《ぼうぜん》とした顔をして、茶の姿を目で追う。

「あれ親分さん、犬が出て行きますよ。いいんですか？」

「ありゃあ俺の犬じゃないよ。そう聞くということは若だんな、あいつは長崎屋で飼い始めた犬でもないんだな。やれ、引き綱も付けてなかったが、野良犬《のらいぬ》かね」

一つ大福を食べ損ねたなと親分に言われ、若だんなは苦笑を浮かべた。そして、やたらと軋む天井辺りをちらりと見てから、こっそり溜息をついた。

「それにしても、大福は久しぶりに食べます。栄吉《えいきち》が三春屋《みはるや》からいなくなったんで、沢山売れ残っちゃった菓子を、引き取ることが無くなったんですよ」

若だんなの幼なじみ栄吉は、菓子屋の跡取りであるのに、情けない程に菓子作りの腕が無かった。その為最近、他の店へ修業に出たので、今は近所にいないのだ。

栄吉の名を聞き、親分が顔に柔らかい表情を浮かべた。

「栄吉さんの修業先は、安野屋《やすのや》だっけ。いつ頃まで他の店で修業するんだい？」

「腕が上がるまでかなあ」

「おお、そいつは長い修業になりそうだ。ちょいと寂しいことだの、若だんな」

また一つ大福餅を食べながら、親分がやれ大変だと言う。若だんなは、小さく溜息をつき眉尻《まゆじり》を下げた。

「やっぱり、栄吉はなかなか帰ってこられないのかしら」

溜息をつく若だんなの横で、仁吉が親分の妻女の為に、焼いた大福餅の残りを全部、紙にくるむ。それを見て天井の鳴家達が、一層ぎしぎしと大きく家を軋ませていた。

2

「若だんなは栄吉さんが三春屋を離れて、寂しいんですよぅ」

「松之助《まつのすけ》さんも、嫁御と新しい店に行ってしまったし」

「だから、我らが慰めなくては」

「だからだから、若だんなの為に、お菓子を一杯用意しなきゃ！」

日が暮れ、庭が白い月明かりに満ちた頃であった。長崎屋の離れでは、若だんなが早々に休んで、一旦《いったん》明かりが落とされている。仁吉と佐助もそれぞれの部屋内に引っ込み、静かな夜がやってきていた。

しかし休む者ばかりではなかった。戸を立てきった離れの居間には、江戸に住まう数多《あまた》の妖達が顔を出していた。鳴家達が、若だんなの元気がないと言い立てたので、集まってきたのだ。

妖であれば、暗くとも目は見えるものだが、古き屏風《びょうぶ》の付喪神《つくもがみ》である屏風のぞきが、律儀《りちぎ》に行灯《あんどん》へ火を入れる。僅かに揺れる明かりの中に浮かびあがったのは、長崎屋の離れでは馴染みの面々であった。

鳴家と屏風のぞきは、長崎屋に住まう妖達だ。その横にちょこんと座っているのは、鈴彦姫《すずひこひめ》という名で、物が百年の月日の果てに化した器物の妖、付喪神の一人だ。

隣にいるのは、すり切れた僧衣姿の妖、野寺坊《のでらぼう》と、錦《にしき》の振《ふ》り袖《そで》をまとった小姓姿の獺《かわうそ》で、その向こうには蛇骨婆《じゃこつばば》が顔を見せている。猫又《ねこまた》のおしろ、若だんなの印籠《いんろう》の付喪神が化した姿であるお獅子《しし》も加わって、部屋は一杯であった。

行灯の仄《ほの》かな明かりの中、犬ころが大福餅《だいふくもち》を食べてしまったので若だんなが可哀想《かわいそう》と、鳴家達が言い立てる。するとそれを聞いた屏風のぞきが、口元をぐっと歪《ゆが》めた。

「小鬼達が言うように、若だんなを慰める品を用意するのはいいんだよ。松之助さんが分家する時の贈り物だって、結局我らは用意できなかったしさ」

それに、苦い薬湯ばかりを若だんなにあげる仁吉や佐助と違って、他の妖達は優しい。もっと若だんなが喜ぶ、良い物をあげるのだと言い放った。

「ただ念、そのための品が菓子というのは、上手《うま》い話じゃあないよ」

小鬼達の考えつく贈り物というのは、とんと的を射ていないと言う。

「菓子くらい、この離れにはいつだってあるじゃないか」

ところがこの言葉に、野寺坊が悲しげに答えた。

「そうでもないぞ、屛風のぞき。見ろや、今日は菓子の木鉢が空っぽだ。茶筒にも珍しく、何も入っておらんわ」

せっかく長崎屋に来たのだから、甘い物でも食べたかったのにという言葉を聞いて、屛風のぞきが切れ長の目をつり上げる。

「そりゃあ鳴家達が食べてしまったんだろうさ。おい小鬼、若だんなの為じゃなく、己達が食べ足りなくて、菓子が欲しいと言ってるんじゃないだろうね」

勝手なことをしたら、仁吉や佐助にがつんと打《ぶ》たれるぞと言うと、鳴家とお獅子が揃って屛風のぞきに向かい唸《うな》った。

「若だんなに食べてもらう、とっときのお菓子を用意するんだよぉ。屛風のぞきはぐうたらだから、若だんなに何かあげるのが面倒くさくて、あれこれ文句を言うんだ！」

ぎゅいぎゅい、ぶにぶに、かしましい。

「何だと！ あたしは若だんなに、もっと別のものがいいと思っただけさ。そうだね……そろそろ春画の一枚も、持ったらどうかな」

千年を越える時を生きてきた二人の兄《にい》や達から見れば、若だんなは赤子同然なので、小さい子供のように甘やかしている。しかし人であれば、そろそろ大人への一歩を踏み出して良い年頃であった。

ところがこの屏風のぞきの言葉に、異を唱える者がいた。鈴彦姫だ。

「何だかどっちも、若だんなが本当に欲しい物には思えないわ」

鈴彦姫は、己だったら根付けを渡すと言い出した。若だんなは、一番大事にしていた蒼《あお》いビードロの根付けを紙入れに付け、兄、松之助への婚礼祝いとして贈っている。

「長崎屋のご両親は甘くて甘くて、その上とっても優しいから、若だんなは他に幾つも根付けを持ってるけど」

だがここいらで妖達から、一番のお気に入りとなるような根付けを贈るのも、面白いかもしれないと言うのだ。

いやこの際、根付けの付喪神などがいれば、その者を贈るのが良いだろう。ちなみに己は鈴の付喪神だからして、小さい鈴の形に直して貰《もら》えば、若だんなの懐《ふところ》にいつもいることが出来るかもしれない……。

ところが、これにも反対する意見が出た。

「やだよ、若だんなの懐は、我ら鳴家のもんだぁ！」

「どうして春画より根付けが必要なのか、とんと分からないわな」

鳴家《やなり》と屏風のぞきと鈴彦姫が、眉間に皺を寄せ、顔を突き合わせた。そこにお獅子が吠《ほ》えたてる。

「春画じゃお腹《なか》が一杯にならないよぉ！　きゅんいー、お、か、し！」

鳴家達は山ほど姿を現すと、吠えるお獅子と一緒に、菓子、菓子と騒ぎ出す。

「鈴彦姫、根付けなんて、もう余るくらいあるじゃないか！」

色っぽい話がいいと言う屏風のぞきには、猫又のおしろと蛇骨婆が加勢した。

「お菓子なんて、珍しくもないですよ」

鈴彦姫の背後からは、野寺坊と獺が応援の声を上げる。

「お菓子、菓子、かし、かしかしかしかしかし！」

「うるせえっ、食い気より色気だぁっ」

「先々まで残るものが一番ですってばっ」

気が付けば妖達は皆で、菓子と春画と根付けのどれが贈り物としてより優れているか、言い争いを始めた。それぞれの声が、段々と大きくなる。向き合って互いに眼を見開き、一歩も譲らない。

じきに、うんざりした屏風のぞきが、こう言い出した。

「じゃあそれぞれが良いという品物を用意して、競おうじゃないか」

若だんながどれを喜ぶか、実際に見てみるのだ。

「きゅわきゅわ」

「いいわよ」

皆が大声で諾と言った、その時！

襖《ふすま》がさっと開いた。そちらを振り仰いだ妖達が、一寸にして身を固まらせる。目の前に兄や達の恐ろしい顔が二つ、並んでいたのだ。皆、影の内に逃げ込むことも出来なかった。

「うるさいっ。何時だと思っているんだ。若だんなが眠れないじゃないか！」

低く押し殺した声がしたときには、妖一同、仁吉と佐助から拳固《げんこ》を食らい、畳にひっくり返っていた。

3

「全く、我らが昨夜打たれたのは、屛風のぞきのせいだ！」

「ぎゅんいーっ、違いない」

「あいつは金平糖《こんぺいとう》もくれないくせに、威張ってるんだ！」

翌日の昼過ぎ、瘤《こぶ》をこさえた鳴家達が若だんなの部屋に集まり、菓子を食べていた。勿論《もちろん》、菓子は佐助が若だんなの為に用意した今日のお八つで、木鉢一杯の胡麻餅《ごまもち》と有平糖《へいとう》だ。

若だんなが食べたくなった時の為に、菓子は毎日きちんと補われる。だが、三度の食事を食べるのに苦労している若だんなが、口にすることは余りない。

しかし、だからといって古くなった菓子など、若だんなに勧められないではないか。よって鳴家達は菓子が毎日新しくなるよう、せっせと減らしているのだ。

「誠に働き者であります」

鳴家達は菓子を口にしつつ、日々、己達のことを褒めている。

ただ今日の鳴家達は、特別な使命を持って菓子を食べていた。これからたんと菓子を味見して、若だんなに贈る大切な一品を決めるつもりなのだ。これはという絶品が見つかれば、佐助達兄やの前で、きっと若だんなが気に入ると教えてあげればいい。そうすれば兄や達が、菓子を買ってきてくれる筈《はず》であった。

ところが。

「あれれ、もうお菓子がないよう」

皆で食べたら、朝、胡麻餅を盛られた筈の菓子鉢は、あっさりと空になっていた。見れば茶筒に入っていた有平糖も無く、呆然とするしかない。これでは菓子を選ぶことが出来ないではないか。

饅頭《まんじゅう》が湧《わ》いて出ぬものかと、沢山の鳴家達が、菓子鉢をひっくり返し首を傾《かし》げている。それを見かけた若だんなが、笑って仁吉に言った。

「ねえ、鳴家達がもっと食べたそうにしているよ。何か買ってきておくれな」

金子《きんす》は若だんなの小遣いから出すと言ったが、仁吉はいい顔をしない。

「若だんな、菓子は若だんなのお八つなんですよ。食べているのは、鳴家だけじゃありませんか」

すると、一匹の鳴家が口を挟んだ。

「仁吉さん仁吉さん。日本橋の北にある、菓子司《かしつかさ》安野屋へ行きましょうよう。隣の和菓子屋三春屋の栄吉さんが、あそこで修業してます。あそこの菓子なら、若だんなは食べてみたいはずです、きっと」

その言葉を聞いた若だんなは、寸の間考えた後、うん食べると言い頷《うなず》いた。友が修業先へ行ってから、もうずいぶんと経《た》つ。まともに菓子を作れているか、気になっていたのだ。

「それじゃあ、たんと買ってきましょう」

仁吉が破顔一笑請け合うと、鳴家三匹とお獅子が、ささっと仁吉の袖《そで》の内へ潜り込む。若だんなが菓子を食べたいと言ったのだ。こうとなったら仁吉は、栄吉が作った甘味を山ほど買うだろう。他の菓子屋の菓子も、外出の最中に褒めれば、求めるに違いなかった。

「我らはこの外出で、これはという菓子を買うつもりであります」

鳴家達は小声で話をすると、重々しく頷いたのであった。

「鳴家ときたら、朝から菓子をぱくついてたよ。味見をするとか言ってさ。今頃離れにある菓子を、全部食べちまってるだろうさ」

昼を過ぎた刻限であった。隅田川を遡《さかのぼ》る猪牙船《ちょきぶね》の上で、屏風のぞきがぐったりと船《ふな》縁《べり》にもたれ掛かりながら、それでもぶつぶつと文句を言っている。

外出の為《ため》に着て出た羽織を頭から被《かぶ》っているのは、川風に当たるだけで気分が悪くなるからだ。同じ船には、人に化けたおしろと蛇骨婆が乗っており、船が揺れるたびに顔色を悪くする屏風のぞきを見て、苦笑を浮かべていた。

「屏風のぞきさん、船酔いで気分が悪くなるのなら、帰ってもいいんですよ。お寺へはあたしと蛇骨婆さんが行きますから」

こう言ったのは猫又のおしろであった。屏風のぞきが若だんなへ贈りたいと言った『春画』を手に入れる為、三人は今日川風に吹かれながら、上野の広徳寺《こうとくじ》へ向かっているのだ。

絵を買う金が無い故《ゆえ》、屏風のぞき達は、寛朝《かんちょう》から春画を一本頂く計画を立てた。妖《あやかし》退治で高名な僧寛朝の元には、妖に取っつかれたとされる春画が、集まっているらしい。同じ猫又の小丸から聞いたおしろが、屏風のぞきにそう教えたのだ。

本当は、船に乗るための金子も無かったのだから、こうして楽に遠出できたのは、幸運なことであった。広徳寺へ行きたいとおしろ達が話していたら、若だんなが訳を問いただしたりせず、店の馴染《なじ》みの船宿へ船を頼んでくれたのだ。船賃は後で、長崎屋が払うことになっている。

ただ問題は……この世に船酔いというものがあることを、屏風のぞきが知らなかったことであった。船に乗ると、屏風のぞきの顔色が見る間に蒼くなった。

「屏風のぞきさん、もしかして本体である屏風からあんまり離れたんで、具合が悪くなったんじゃないですか？」

　この言葉に、屏風のぞきが首を振る。

「上野くらい大丈夫だ」

　そもそも付喪神《つくもがみ》が、本体から余り離れられないのは、残された本体を危ぶむからであった。うっかり火事や地震に巻き込まれたあげく、救い出せないということになると、その身が消滅しかねない。

「だから長崎屋に若だんながいる時は、心配は要らないんだ。遠出だって出来るんだよ」

　火事などがあったら、若だんなは真っ先に、屏風を穴蔵に入れてくれる。何しろ己は、大事な離れの同居人だからという。

「何としても、あたしも広徳寺へ行くんだよ。寛朝は妖退治で高名な僧だからね。いざというときあたしがいなきゃ、駄目なんだから」

「そりゃあ、三人の方がいいですけどね」

船はそのまま川を遡り、浅草御蔵辺りに着く。一同は喜びと共に陸へ上がり、暫《しばら》くしてやっと屏風《びょうぶ》のぞきが人めいて歩けるようになった頃、広徳寺の門を見た。寺の内には、お獅子《しし》を何倍もの大きさにしたような狛犬《こまいぬ》や経の付喪神が、ほてほてと歩いていたりする。

「ありゃ確か、経凜々《きょうりんりん》とかいう奴《やつ》だね」

だが人の目には入らぬのか、作務《さむ》にあたる僧達は騒ぐでもない。妖達は若だんなが以前語っていた通りに広い境内を奥へと進み、やがて左手に建つ堂宇《どうう》へと足を向けた。直歳寮《しっすいりょう》。高名なる御坊は、ここで善男善女から金子を巻き上げ……いや、寄進を受けているのだ。

屏風のぞきの考えでは、寛朝はそうは恐ろしい人物ではないはずであった。鳴家達ですら、僧衣で遊んだあげく、無事に帰ってきているではないか。

「さて、どう持ちかけたら寛朝様は、春画をくれるかねぇ」

三人が階段の下で顔を突き合わせる。

「いっそ素直に、若だんなにあげたいから下さいと言ったらどうでしょうね？」

ふと、おしろがこう言い出した。寛朝はさばけた所のある僧都《そうず》だと聞く。だから案外面白がって春画をくれるかもしれない。

「そうだねえ、言ってみようか」

蛇骨婆《じゃこつばば》がそう言った途端であった。堂宇の重厚なる扉の内で、物が落ちるような大きな音がした。三人が首を傾げ、階段の下段から建物を覗《のぞ》き込む。

すると突然観音開きの扉が開き、一組の男女が内から飛び出してきたのだ。二人は階段を駆け下ると、妖三人を突き飛ばし踏んづけた。そして凄《すご》いばかりの勢いで境内を走り去ってゆく。

「何するんだいっ」

二人の背に思わず叫んだ屏風のぞきの背後から「おい」と、必死な感じの声がした。振り向くと、頭に瘤をこさえた坊主《ぼうず》が部屋から廊下に這《は》い出て来る。

「誰か、あやつらを止めてくれっ」

僧都は頭を抱えてうずくまってしまい、己で二人を追うことは出来ない様子であった。だが、不意に目を見開くと、呆然《ぼうぜん》として階段にいる屏風のぞき達を見下ろしてくる。

「おいおい、まだ昼間だぞ。境内だけでなく、堂宇の内を妖が歩いているのか」

寛朝の言葉に、妖達は顔を見合わせる。

「ふーん、やっぱり寛朝様には、ちゃんと妖が分かるんだね。今逃げて行った二人も、やっぱり妖だよねえ」

突き飛ばされた感触が人のものではなかったよと、屏風のぞきがあっさり言う。

「我らは長崎屋縁《ゆかり》の者なんですよ」

寛朝は廊下で身を起こし、驚いた顔となる。

「これはこれは。長崎屋の若だんなが、お前達を寄越したのか？　何の用だい」

「そいつはちょいと違いますよ」

三人がてんでに説明する。

「若だんなは最近元気が無くて、こんな所にまではやって来られないのさ」

「それであたし達は若だんなに、気散じになるものを贈ることにしたんですよ」

ならば若い若だんなには、春画が一番いい。それで春画が集まっているという広徳寺に貰いに来たのだと言うと、寛朝が頭をさすりつつ、にたりと大きく笑った。

「おやおや。長崎屋の妖達は、なかなかに優しいじゃないか」

ただなと言うと、瘤の出来た頭を振る。

「広徳寺が春画を集めているように言うではない。妖と化した春画を、供養《くよう》の為、広徳寺に寄進する方がいるだけなのだ」

「要するに寺に色っぽい絵があるんだろう？　おんなじだ」

屏風のぞきの一言に、寛朝は一寸呆《ちょっとあき》れた顔になった後、首を大げさに振る。そして今、寺に春画の取り置きは無いと言った。丁度一枚、供養するところだったのだが、逃げられたと言う。

「絵から抜け出た二人に、頭を殴られての」

寛朝はここで、ふと屏風のぞきを見た。

「なあ、逃げた二人を捕まえ絵に戻してくれぬか。そうしたら供養してから、若だんなにあげよう」

同じ妖の方が捕まえるのは巧《うま》いだろうと言うと、屏風のぞきがにやりと笑った。

「そりゃあそうだけどねえ。でも寛朝様、二人を押さえ込んだ後、どうやったら絵に戻せるのか、あたし達には分からないしねえ」

「ああ、それならこいつを使え」

寛朝が屏風のぞきに差し出したのは、護符であった。妖達が思わず身を引くと、寛朝が笑う。護符には品物の名が書いてあるので、他の妖には通用せぬという。屏風のぞき達はほっとした表情を浮かべ、途端に威勢が良くなった。

「承知した。皆、それでいいかい？」

「分かった。これで春画が手に入るね。あいつら左へ曲がったよ。川の方だ」

かくて利害は一致し、妖達は男女を追って境内を駆け出ていく。その背に寛朝がまた声をかけた。

「他の春画が来たら取っておくから、今度は若だんなも連れておいで。見せてあげようさ」

「ははは、分かったよ」

妖達の声はあっと言う間に、小さくなって消えた。

「屏風のぞき達は、寛朝様の所へ行ったみたいですよ。春画をただで貰《もら》おうとしているんですかね」

「やれ、もらい物で済まそうというのか。とっておきの一品を贈って、若だんなを喜ばせようという話なのにねえ」

鈴彦姫《すずひとひめ》、野寺坊《のでらぼう》、獺《かわうそ》の組は、上等の根付けを手に入れる資金を作るべく、八丁堀《はっちょうぼり》に残っている荒寺の床下を、探っているところであった。荒寺は野寺坊がねぐらにしている一軒なのだが、最近そこに、こっそり金子を隠してゆく者がいるのだ。

「どうも、真っ当な金じゃなさそうだ。よって我らが頂いても構わんだろう」

野寺坊がそう思うのならば間違いないと、三人は床下の狭い場所で土を掘り返す。

すると、あっさり千両箱に突き当たった。中を改めると、紙入れと一緒に三百両近く入っている。

「はて、実は根付けという物を、まだ買ったことがない。いかほどするものであろうか」

野寺坊の言葉に、獺と鈴彦姫が首を傾げている。

「あの、大福餅《だいふくもち》よりは高いと思います」

「獺さん、高いって、どれくらい？」

「さあ……」

しょうがないので三人は、金子《きんす》を紙入れに入るだけ詰め込み、持ち出すことにした。

「この金子で買える値段の根付けが、あるといいんだが」

三人は真面目《まじめ》に、どんな根付けを買うべきか、話し合いを始めた。

4

「若だんな、俺ぁ、十手《じって》を返上しなきゃあならないかもしれねえ」

昼過ぎ、八つになろうという時の事であった。前日に続いて長崎屋へ顔を出した日《ひ》限《ぎり》の親分は、縁側に腰を掛けたかと思うと、顔を顰《しか》めてこうこぼした。

「親分さん、何があったんですか」

若だんなは驚きの声を上げ、急いで部屋にあげる。事は相当に深刻らしく、親分は佐助が運んできた羊羹《ようかん》に、直《す》ぐには手をつけなかった。それよりも、誰かに話をしたくてたまらない様子であった。

「実は昨日も掏摸《すり》の片棒担《かたぼうかつ》ぎ、おすまのことを調べてたんだが」

おすまは飴《あめ》売りをしている。あちこちへ歩く商売だから、富治郎の求める先へ行って、掏摸《す》り盗《と》った品を受け取るには都合が良い。親分は思いきって、おすまの後を尾《つ》けたのだ。

「だが、俺がおすまに近づいたのが、分かったらしい。富治郎は思った通り、親に泣きついたのさ」

黒川屋から、馴染みの同心へ苦情が行った。話は日限の親分が世話になっている同心へも、伝わってしまった。

「富治郎が掏摸だという確たる証拠がありゃあ、旦那《だんな》だって俺を庇《かば》って下さるさ。だが、まだどうやって富治郎がおすまに品物を渡したのかが、分かっちゃいない」

事がはっきりしない今は、金持ちの言葉が強いのだ。とにかく富治郎の件からは手を引けと、親分は今日言い渡された。

おまけにどうも、それだけでは済まないらしい。黒川屋から随分と強い抗議がいったらしく、このままでは岡っ引きの十手を取り上げられるかもと、日限の親分は顔を赤くしているのだ。

「あいつは……富治郎は、得意になってしていることを邪魔され、怒っているのさね」

親分が羊羹を睨《にら》みながら言う。親分はおすまを疑った。それは富治郎にとって随分と都合の悪いことだった。今までのように、掏摸の片棒担ぎをさせにくくなる。

「義賊を続けられなくなるからな」

だからといって、岡っ引きを除こうとするとは、腹の立つ話であった。だがここで、親分が急に弱気な顔になる。

「本当に、十手を返すことになるんだろうか。そうなったら、俺はこの辺りじゃあ暮らしていけねえ」

親分の妻はもうずっと体調が悪く、己の稼ぎで夫を支えることが出来ないのだ。二人は、たつきの道を断たれてしまう。

「王子で宿屋をやっている兄貴を、頼って行くしかなくなるかもしれねえ」

その言葉を聞いた途端、大人しく話を聞いていた若だんなが眉尻《まゆじり》を下げる。

「親分さんまで、どこかへ行っちゃうの?」

兄も幼なじみの栄吉も、それぞれの道へ歩み出した所であった。酷《ひど》く寂しそうな顔の若だんなを見て、茶を淹《い》れていた佐助が、慌《あわ》てて請け合う。

「大丈夫ですよ、若だんな。うちの旦那様だって、つてをお持ちです。親分さんの事くらい、何とでも手を打てますって」

「そうかい?」

親分が顔を上げ……しかし直ぐにまた、畳の方を向いた。たかが岡っ引きのことで、大店《おおだな》二つが奉行所へあれこれ言っては、却《かえ》って事が大げさになるやもしれないというのだ。若だんなはぐっと真剣な顔つきになると、今回の件は、まず己で何とかしてみると言い出した。

「要するに、どうやって富治郎さんがおすまさんへ品物を渡しているか、そこが分かればいいんですよね?」

通町に出没している掏摸は富治郎に違いないという証拠があがれば、黒川屋は親分に嫌がらせをするどころではなくなる。

「親分さん、大丈夫ですよ」

日限の親分は若だんなの言葉を聞いて、やっと羊羹に手をつけ始めた。若だんなはさっそく掏摸の噂話《うわさばなし》を集めるため、こっそり妖《あやかし》達を調べに出そうと辺りを見回した。そしてこの時、妖達がいつものように部屋の隅に出てきていないことに気が付き、目を見開く。

（あれ、鳴家《やなり》達がいないよ。そういえば今日は珍しく、屏風のぞきも出かけているんだっけ）

そのせいか部屋の様子が、いつもと違う。若だんなは手水《ちょうず》に立つと言って廊下に出ると佐助を呼んで、妖達の外出の訳を尋ねた。すると、何故《なぜ》だか笑い声が返ってくる。

「皆は私達には内緒で、何やら楽しんでいるようですな」

だが大した事ではないので、放っているのだという。そもそも若だんなに被害を及ぼさない事であれば、二人の兄《にい》やは他の妖達の行いに、さほど興味を持たないのだ。

「あれま、いいなあ。妖達は皆で何をやって遊んでいるんだろう」

いつもなら若だんなも、楽しみに混ぜておくれと言い出すところだ。だが今はまず、力無く羊羹を食べている親分の問題を、解決することが先決であった。

仕方がないという訳で、若だんなはまず心配顔の佐助と共に、己でおすまの行いを探ってみると言いだした。

「外出ですか？　とんでもない」

佐助がさっそく反対したが、一緒に行ってくれないのなら、佐助が廻船問屋で働いている間にこっそり離れから抜け出すと言って、兄やを説き伏せる。まずは何度も懐《ふところ》の物が掏摸られている通町の大通りに出て、調べてみる事にした。

「久しぶりに、隣の三春屋よりも遠くへ行くことになるね」

若だんなは箱根へ旅に出た時のように、張り切っていた。

5

菓子司《かしつかさ》安野屋へ着いた仁吉と鳴家、お獅子《しし》は、栄吉が皮を包《くる》んだという饅頭《まんじゅう》と、餅を丸めたという団子を、少しばかり買うこととなった。

たっぷりと買わなかったのは、安野屋で栄吉は、餡《あん》を作らせてもらえていなかったからだ。つまり全《すべ》てを栄吉一人でこしらえた菓子は、拝めなかったのだ。仁吉は小さく息をついた。

(おかげで味の方は、心配無いが)

買った菓子はどちらも、栄吉が作った物ではないと直ぐに分かる品で、饅頭からは甘くて美味《うま》そうな餡子の香りがしている。

(栄吉さんは修業先で、まだ一人前と認められていないんだろうねえ)

おまけに仁吉達は、栄吉から今の様子をゆっくり聞くことも出来なかった。安野屋の主《あるじ》は、訪ねていった仁吉達には愛想良く対応してくれたが、小僧のように洗い物ばかりしている栄吉の手を、ちょいと休ませることはしてくれなかったのだ。仕方なく仁吉達は、早々に安野屋を辞した。

「栄吉さんは、まるで下働きのように見えたな。あれで修業になるのか……」

仁吉が歩きつつ、首を振る。

「こんな話を聞いたら、若だんなは栄吉さんのことを、そりゃあ心配するだろうねえ」

仁吉は首をもう一度振る。すると鳴家が袖《そで》の内から顔を出してきて、ここぞと他の菓子を勧め始めた。

「仁吉さん、安野屋では饅頭を少ししか買わなかったでしょ。それじゃあ若だんなが可哀想《かわいそう》です。他の店の美味《おい》しい菓子も、買って帰りましょう」

「そうだねえ。これじゃ栄吉さんの土産話すら足りないし」

しかし、この辺りに美味しい菓子屋があるのかと、仁吉は慣れぬ町並みに目をやる。

途端に、鳴家達が張り切った。

「我が知ってます。鳴家が心得てます」

若だんなの為《ため》、とっておきの菓子を用意する絶好の機会が訪れたのだ。

鳴家達は仁吉の肩に乗ると、母屋《おもや》の鳴家が向かいの通りの家と、そのまた向こうの家の鳴家から聞いた、老舗《しにせ》の菓子屋へ行きたいと言い出した。仁吉は頷《うなず》き、鳴家が案内するままに、猪牙船《ちょきぶね》の行きかう堀川沿いへと足を向ける。

するとその時、見えてきた堀から大きな声が聞こえてきた。声の方へ目を凝らすと、妖達が三人、堀に浮かんだ猪牙船から、必死に手を振っている。

「ああ、仁吉さんがいるよ。鳴家もいる。おーい、その二人を捕まえておくれな！」

「はあ？」

見れば屏風《びょうぶ》のぞきが指さしている別の猪牙船から、今にも陸に上がろうとしている男女があった。どうやら猪牙船にいる妖三人は、その男女を追っているらしい。

「おや、追われているのは、何とも色っぽいお二人さんだ」

だがと言って、仁吉がすっと目を細める。仁吉の本性である白沢《はくたく》は、万物に精通していると言われる神獣なのだ。よって、直ぐに事を見抜いた。

「あの二人、人ではないな。妖達ではないか」

それがどうして長崎屋に住まう妖達に追われる身になっているのか。仁吉はとりあえず堀から上がってきた男女の前を塞《ふさ》ぐと、背後から追って来る屏風のぞきに問うた。

「訳の分からぬ物事の手伝いはご免だ。何をしているのか、きちんと話してもらおうか」

ところが。この時事は思わぬ方向に進んだ。追いつめられしかめ面《つら》になっていた女の方が、仁吉を見ている内に、その表情を変えたのだ。目の内に光りを宿すと、しなを作る。

「あれまあ、何といい男に呼び止められたんだろうね。あたしゃあ、この声と顔に参っちまったよ」

そう言った途端、女は仁吉に抱きついたのだ。

「おいっ、何を言い出すんだ!」

叫び声がする。だがそれは、仁吉でも屏風のぞきでも無く、共に寺から逃げた男のものであった。

「どうして、そっちに寄りかかるのだ!」

「そりゃあこちらの方が、あんたよりもうんといい男だからかしら」

顔をひきつらせる男を放ったまま、笑顔の女が仁吉に迫る。

「ねえ、あたしときたら、いい女だろう？　一緒にならないかい、後悔はさせないよ」

獲物に巻き付く蛇のごとく、女はその体を仁吉に絡《から》ませてくる。おしろと蛇骨婆《じゃこつばば》は、きょとんとしてそれを見ており、女の連れが喚《わめ》く横で、屏風のぞきが今にも笑い出しそうになっていた。

「おやあ、こいつは滅多に拝めない様だねえ。仁吉さん、女と絡むのが似合うじゃないか」

言われた仁吉のこめかみに、さっと青い筋が盛り上がった。

「屏風のぞき、この二人は誰なんだい？　さっさと詳しいことを言いな」

今、仁吉は若だんなの為、使いに出ている途中なのだ。だから下らぬことに付き合って、遅くなる訳にはいかないと言うと、屏風のぞきはぺろりと舌を出した。

「ああ、二人は春画なんだよ。絵から抜け出た妖だわさ」

広徳寺の寛朝に頼まれ、二人を捕まえに出た経緯を、屏風のぞきはかいつまんで話す。そうしてから、例の護符を懐から取り出すと、いつもは頭の上がらない格上の妖仁吉に向かって、嬉《うれ》しそうにそれを振った。

「さて仁吉さん、女から助けて欲しいかい？」

どうしようかなぁなどと言い、屛風のぞきは迷う素振りを見せる。すると仁吉の目が、剣呑《けんのん》に輝いた。それを見たおしろと蛇骨婆が、五歩ばかり身を引く。怒っていた春画の男ですら、一寸で黙ってしまった。

だが浮かれた屛風のぞきだけは、まだその物騒な輝きを見ていない。仁吉は己に絡みついている女の腕を摑《つか》むと、不機嫌な表情を浮かべたまま、簡単に引き剝《は》がしてしまった。

鈴彦姫《すずひこひめ》と野寺坊《のでらぼう》そして獺《かわうそ》は、人めいたなりをすると、紙入れにぎゅうぎゅうと詰めた金子《きんす》と共に、通りへと出かけて行った。根付けを買いに行くのだ。

「さて、小間物屋へ行ったものでしょうか。それとも珍《めずら》かな品を求めて、唐物屋《からものや》を見た方がいいのかしら」

そもそも妖には馴染《なじ》みの店など無いから、どこへ入ったら良いものやら、見当が付かない。三人はとりあえず子供を連れた武家や、女中を伴った女、大八車、担《かつ》ぎ店や子供や振り売りなどの間をすり抜け、通町を日本橋の方へと向かった。江戸でも名の知れた繁華な通りであり、数多《あまた》の店があったからだ。

あちこちの店へ目をやるのだが、上等な根付けを店先に出している所は見あたらない。その内野寺坊など根付けはそっちのけにして、鮨《すし》や饅頭の値段ばかりを尋ね始めた。

その時であった。

「ひゃっ」

鈴彦姫が突然大きな声を上げる。犬に吠《ほ》え掛かられたのだ。茶の犬は鈴彦姫の前に立ち、大きく一声遠吠えを上げると、直《す》ぐにまた迫ってくる。

「犬は嫌いですよぉ。あれ、何であたしに近寄って来るのかしら」

獺が振り払おうとするが、犬はしつこく吠え続ける。困った三人は犬に追われるように、日本橋の方へと逃げ出す羽目になった。しかし犬は逃げても追い払っても、しつこく離れない。

「鈴彦姫、何か食い物でも持っているのかい?」

「まさか。袂《たもと》には飴《あめ》一つ、入っちゃいませんよ」

鈴彦姫が野寺坊に答えた時であった。犬がいきなり鈴彦姫に飛びつき帯に爪《つめ》をかけた。

「ひゃっ」

驚いた鈴彦姫が膝《ひざ》をつく。すると犬は地べたに転がり出た大事な紙入れに嚙《か》みついたのだ。一寸、呆然《ぼうぜん》とした三人を置いて、そのまま犬は人混みの中へ走り出して行ってしまった。

「それで親分さん、おすまという飴売りは、この辺を歩いていることが多いんですね。やはり通町で掏摸《す》ったものを受け取る為に、この繁華な通りにいるんですかねえ」

「若だんな、道を歩いたりして大丈夫かい？」

張り切って外に出た若だんなの問いに、日限《ひぎり》の親分が心配げな言葉を返す。親分と若だんな、それに佐助は、掏摸《すり》の片棒《かたぼう》担《かつ》ぎであるおすまを探しに出たのだ。だが、この大事な時にも、連れは若だんなの具合ばかりを気にしている。

「親分さん、それじゃあ返答になっていませんよ」

とにかく飴売りおすまの顔を見知っているのは親分だけなので、先に立ってもらい長崎屋から通町を北へゆく。振り売りや大道芸人の声が賑《にぎ》やかであった。どこからか聞こえてきた犬の遠吠えが、それに答えているかのように聞こえる。

久しぶりに外出をした若だんなは、つい嬉しげに道端の鮨屋や小裂《こぎ》れ売りに目をやった。だが佐助は横で顔を顰《しか》めている。

「若だんな、疲れていませんか。そろそろ籠《かご》に乗りませんか？」

親分の手伝いは己がする。だから若だんなには、離れで寝ていて欲しいと佐助は願っているのだ。

「佐助、私は親分に協力したいんだ。それに外出をしたといっても、たかが通町の内だもの。近いもんだよ」

「……長崎屋が少し小さく見えてますよ」

「つまりは家の近所じゃないか！」

若だんなは溜息《ためいき》をついて、親分に愚痴ろうとした。だがその時親分は顔を上げ、道の先を見据えていた。

「親分？」

「おすまだ、いたっ」

親分は道の先を指すと、急いで色っぽい女の後を追い始めた。若だんなもせっせと付いてゆくので、佐助が慌《あわ》てて二人を追う。

「若だんな、走ったりしないで下さいね。それこそ死んでしまいますよ！」

「今日はまだ死にかけていないよ。大丈夫だ」

どうして大丈夫なのかは、説明しなかった。根拠など、小指の先ほどもなかったからだ。とにかく親分から離れないよう、一所懸命歩む。するとありがたいことに、疲れて足が止まる前に、先をゆく親分が足をゆるめた。若だんなが声をかけると、足を止める。

見れば道を曲がった先に、思いもしない者達が顔を揃《そろ》えていた。

6

「そこの犬、止まって、止まれってば！　ああ、どこへ向かう気なんですかね」

紙入れをくわえた犬を必死に追いながら、鈴彦姫が半泣きの声を漏らす。その隣で獺や野寺坊も息を切らせつつ、先を行く犬を睨《にら》んでいた。角から角へ、道から道へ、犬は駆け続けている。

「腹が減ったのぉ」

野寺坊は腹の虫を鳴らすと、あの犬は小判を食うのが好きなのではないかと言い出した。そうでなければ、犬が紙入れに食いつく訳が分からない。犬が立ち上がって、小判で買い物をするとは思えないからだ。

「小判なんか堅くて重いだけですよ。食べられやしません！」

そう言った時、犬が一寸立ち止まり重い紙入れをくわえ直した。咄嗟《とっさ》に鈴彦姫が犬を捕まえようと手を伸ばす。だが犬は急に右へと道を曲がり、また逃れた。

「ありゃっ」

何とか見失わず追ったものの、鈴彦姫の足はもつれ、よろけている。息が切れてきていた。じきに転んで、犬を逃がしてしまうかもしれない。周りの人々は、駆けてゆく一団に驚きの目を向けるばかりで、助けてはくれなかった。

「どうしよう。若だんなの根付け代なのに」

思わず溜め息を漏らしたとき、鈴彦姫の目が道の先に向いた。川が見えてきていて、そこには何人か人が立ち止まっている。

そして……。

「あれ、屏風のぞきじゃない？」

岸に見覚えのある男がいた。羽織を着てはいるが、その下に目立つ石畳紋の着物が見えている。それだけでなく、その男はもう一人の男に胸ぐらを摑まれ、腕一本で抱え上げられていた。獺が目を見張る。

「ありゃ、あっちのお人は仁吉さんかね」

その時、「ぐえぇっ」という、何とも情けのない叫びが聞こえて来た。

「間違いない、屏風のぞきの声だ。確かに長崎屋の二人がいるよ」

「犬を止めてぇ」

鈴彦姫達は走りながら大きな声を張り上げ、皆に手を振った。

「誰が誰を助けるんだって？」

日本橋へと続く堀の岸では、仁吉が屏風のぞきを、片手で掴んでいた。勿論《もちろん》春画の女はさっさと、身から引き剝《は》がしている。そして屏風のぞきの胸元を締め上げると、あっと言う間に腕一本で持ち上げた。

「全くいつも馬鹿《ばか》ばかりする付喪神《つくもがみ》だよ、お前は」

仁吉はうんざりとした表情を浮かべていた。寛朝に頼まれたのならば直ぐ、側にいる春画の二人を絵に戻せと、屏風のぞきに言いつける。

ところが付喪神はここで口をへの字にした。春画の件には関わりのない仁吉が、己に命令することが気に喰わぬのだ。

「ふんっ」

持ち上げられているにもかかわらず、あからさまに不満げな一言を漏らしたものだから、更に仁吉の不興を買ってしまった。襟元《えりもと》を締め上げられ、調子外れの悲鳴を上げる羽目になる。

その瞬間、二人に向かって突然声がかかったのだ。

「犬を止めてぇ」

川岸にいた者達が驚いて声の方を向くと、三人ほどの者が茶色の犬を追いながら、近づいてきていた。見れば何と長崎屋では馴染みの顔、鈴彦姫に獺、野寺坊であった。

「仁吉さん、屏風のぞき、ねえ後生だから、犬を捕らえて下さいなっ」

犬と人が駆け比べをすれば、犬の方が速いはずだが、茶の犬は何やら重そうなものをくわえていて足が遅い。それでも三人は、ちょろちょろと逃げ回る犬を、捕まえられないでいる。三人は路地へ消えたと思ったらまた現れ、まるで犬に遊ばれているかのようだ。

それを見た仁吉は、寸の間呆《あき》れた表情を浮かべると、深く溜息をついた。

「全く、うちに縁《ゆかり》の妖《あやかし》達は何をやってるんだ」

だが呆れたせいで屏風《びょうぶ》のぞきへの怒りがほどけたのか、仁吉は付喪神をその手からぽんと離した。

「ぐええっ」

道端に尻餅《しりもち》をついた屏風のぞきが、文句を山ほど言うべく、口を開きかける。だが結局、何も言えなかった。丁度後ろからやってきた女に突き飛ばされ、地べたに突っ伏してしまったからだ。女はよそ見をしながら歩いていたらしく、屏風のぞきが目に入っていなかったらしい。

「あれ、いやだ」

色っぽい女は急いでいるのか、屏風のぞきにろくに謝りもせず歩き去ろうとする。すると地べたに這《は》いつくばったままの屏風のぞきが、もの凄《すご》く不機嫌な顔をしてその足首を摑んだ。

そこに道の端の木戸から、川岸に声が聞こえてくる。

「親分さん見て下さい、皆がいる」

途端、河畔にいた仁吉達が一斉に路地へと目を向けた。

「若だんなじゃありませんか」

ここで若だんなだけでなく、日限の親分や佐助も加わった。若だんな達は、仁吉や屏風のぞき達の姿があることにも、おすまが足を摑まれていることにも、目を丸くする。

ここへ更に、路地から鈴彦姫達と犬が、また戻ってきた。若だんなが益々《ますます》大きく目を見開く。

「あれま……犬？」

一同は驚きを浮かべたまま、互いを見ることとなった。岸には見知らぬ二人の他に、若だんなと佐助と親分、鈴彦姫達三人、仁吉と鳴家《やなり》とお獅子《しし》、倒れ込んだ屏風のぞきら三人、それに屏風のぞきに捕まったおすまが顔を揃《そろ》えていたからだ。

互いを見て立ちすくむ中、犬だけがまた鈴彦姫の手を逃れ、ちょろちょろと動く。仁吉がそれを、面倒くさそうに捕まえ抱え上げた。そして一同に問うてくる。

「やれ、若だんなまでこの岸辺においでになるとは。一体どうしたんです？」

「私は親分さんのお手伝いだよ。仁吉はともかく、妖達はどうしたの？」

この問いに真っ先に答えたのは、鈴彦姫だ。

「犬を追ってきたんです。ああ仁吉さん、ありがとうございます。その犬に金子《きんす》を、くわえて行かれてしまって」

「金子？」

「小判をたんと詰めた紙入れです」

やっと取り戻せたと言いかけ……鈴彦姫達が目を丸くする。仁吉に抱かれた犬は、口に何もくわえてはいなかったのだ。

「お金！　根付けを買うお金が、ない！」

野寺坊と獺が、急いで犬をあらためるが、つい今し方まで見えていた紙入れが、影も形もない。鈴彦姫達は急いで辺りを探した。おしろ達も手伝った。川に重い物が落ちた音など、誰も聞いてはいない。金子は直ぐに見つかっても良さそうなものであったが、とんと姿を現さなかった。

「紙入れに足が生えて、どこぞへ駆けていってしまったのかしら」

鈴彦姫は至って真面目《まじめ》に言う。だがここで、そういう冗談を言っている場合じゃないと首を振ったのは、日限の親分であった。

「あるはずの物が、己で消える筈《はず》もねえ。つまりはここにいる誰かが、持っているのかもしれないねえ」

そう言うと、屏風のぞきが未《いま》だに摑んで離さない女へと顔を向ける。

「おすまじゃねえか。奇遇だの」

名を呼ばれたおすまは、三十路《みそじ》も近いくらいの年増《としま》であった。だが飴売りには勿体《もったい》ない程色っぽい。

「奇遇もなにも、親分さんはさっきからずっと、あたしを尾《つ》けてきていたじゃあ、ありませんか」

そうと言われて、親分は笑った。

「気が付いていたんなら、話が早いわな。それでおすま、紙入れはお前さんが持っているんだろう？」

おすまが目の前のお宝を見逃す筈が無いと言う。それから親分は茶の犬に目を向けた。一つ頷《うなず》き、大きく息を吐き出す。

「随分と長い間、富治郎が盗《と》ったものを、どうやってお前さんに渡しているのかが分からなかった。でも、この手があったんだよな」

犬だ犬、と言って、親分は何度も首を振っている。

「犬に盗品を持たせ、使いにしていたとは気が付かなんだわ」

日限の親分は腕を組む。犬は賢い獣であった。よく躾《しつけ》れば、主《あるじ》の所へ物を届けるくらいやるに違いない。

「まず富治郎が金を掏摸《す》り、次にそいつを犬が運んで、おすま、お前さんが受け取る。そういう手はずであったんだろうよ」

犬を間に置くことによって、お上の目を誤魔化してきたのだ。そうして手に入れた金で、富治郎は義賊を気取って楽しんでいた……。

「やっと、からくりが分かった！」

今度こそ事を見抜けた、解決出来たと、日限の親分が嬉《うれ》しげに拳《こぶし》を握りしめる。周りにいた妖達が、いつになく張り切っている親分を、面白そうに見ていた。

しかし。親分のこの言葉を、おすまは笑い飛ばす。

「嫌だねえ、親分さん。忘れたんですか、あたしは飴売《あめう》りなんですよ」

一日中、町から町へと飴を売って歩くのが商売だ。飴売りが同じ町内に留まって、同じ子供らの顔を見続けていても、商いにはならない。だから毎日歩き続けている。

「いつ、どの辺にあたしがいるかなんて、犬には分かりませんよ。商い次第で、寄る場所も変わってくるんですからね」

そしておすまは日頃、犬を連れての商いはしていない。

「動き回ってるあたしに、その犬がどうやって品物を届けるんですかねえ」

聞かれた親分が黙り込んだ。

「親分さんは、あたしや黒川屋の富治郎さんが、気にくわないだけなんじゃないですか」

そのせいで二人を疑うのだ。これでは黒川屋がまた息子の心配をするだろうと、おすまが笑うように言うと、親分が顔を強《こわ》ばらせた。おすまは、こんな扱いを受けたからにはこの顚末《てんまつ》を富治郎へ伝えるつもりであり、だから黒川屋が黙ってはいないぞと暗に言っているのだ。

盗られたという紙入れなど、持っていないと、おすまは袖《そで》を振る。やっと解決に至ったかに見えた通町の掏摸《すり》の一件は、また暗礁《あんしょう》に乗り上げてしまった。

「さあて親分さん、何とするか」

ここで屏風のぞき、蛇骨婆《じゃこつばば》、おしろなどが、面白がって話し出す。

「あれま、親分さんが真剣に困っているよ」

「今の言い分を聞いた限りでは、女の言い様が真っ当に聞こえるな」

岸辺に集まった妖達は、日限《ひぎり》の親分の窮状に、一斉に目を輝かせている。

「あの女は今、鈴彦姫が盗られた金子を、持っていると思うか？」

「盗んだのなら、ああも強気には出まいよ」

「どこに隠したのかしら？　それとも始めから、持っていなかったのかな」

「さてそれを、親分が上手に見抜くかねえ」

いつも長崎屋の離れに顔を出している親分の危機に、妖達は興味津々《しんしん》だ。日限の親分は、菓子を山と食べてしまう生き物なので、妖達の競争相手でもあった。

勿論、若だんなが悲しい思いをするのは嫌だが、そこはそれ、妖達が今用意している楽しい事で気分を引き立てればいいと思うのか、妖達は誰も親分を助けようとはしない。

対して、佐助達兄《にい》や二人は顔を顰《しか》めていた。もしここで親分がしくじれば、今度こその日限の親分は、十手を取り上げられてしまうだろう。

「若だんなが、心配をなさるじゃないか」

それでまた体を壊し黄泉《よみ》になど行かれたら敵《かな》わぬと、真剣な心配の最中だ。ここでおすまが、余裕を持って聞いた。

「さてさて親分さん、あたしをどうなさいます？　番屋へ連れて行きますか？」

寸の間、川岸は静まって動く者もいない。親分の顔が、少しずつ赤くなっていった。

7

その時、仁吉が連れていた鳴家達が、若だんなの方へ移ってきた。鳴家達は岸辺での緊張など意にも介さず、鼻をうごめかし、「金平糖があるよぉ」と言って、若だんなの袖内に入ったのだ。

鳴家はさっそく目当ての菓子を見つけ、嬉しそうにがりがり囓《かじ》り始める。その音を聞いた他の妖達が、羨《うらや》ましそうな顔を若だんなに向けている。若だんなの袖の中に菓子があるのはいつものことであった。妖達は何度も、その菓子をご相伴にあずかっている。

だがここで若だんなが少し首を傾《かし》げた。それから佐助の背後に隠れるように立つと、嬉しそうに金平糖を食べている鳴家をちょいとつまみだし尋ねる。

「ねえ、鳴家は今日初めて、袖の中のお菓子を食べたんだよねえ？　どうして金平糖があると、分かったの？」

「若だんな、いつもの匂《にお》いがしたんですよう。金平糖の、『食べて、食べて』っていう甘い匂い」

ぽりかり、かりぽり、菓子を噛《か》みながら鳴家達が嬉しそうに言う。ここで若だんなが、目を見開いた。

「なるほど。食べてという甘い匂い、か」

寸の間考え込んだ後、若だんなは佐助の背後から出て、日限の親分の側に寄った。その袖を摑《つか》むと、おすまを指さす。そして親分に、女の着物をあらためてくれと頼んだのだ。

するとおすまはせせら笑うような、余裕の表情を浮かべた。

「あら、こちらの若だんなさんは、何を言い出すんでしょうね。あたしは重い小判の詰まった紙入れなんぞ、持っちゃあいませんよ」

見れば分かりそうなものだと、おすまは袖を振り、くるりと回って見せた。だが若だんなはおすまの着物の内を探るのに、女のなりをした妖、おしろと鈴彦姫《すずひこひめ》を呼んだ。そして二人にこう頼んだのだ。

「おすまさんは、何か香りの強いものを持っていると思うんだ。それを見つけて欲しい」

「強いって、どのくらいの代物《しろもの》ですか？」

「離れていても、人混みの内でも、それと分かるようなものだと思うんだけどな」

例えば仁吉が特別に作った薬を印籠《いんろう》に入れていたら、若だんながちょいと外出をしたとしても、佐助などには分かるのではないか。そういう代物だと言うと、おしろと鈴彦姫は互いの顔を見て頷いた。

「ありますね」

「ええ、香るもの」

二人が近寄ると、おすまは一寸触られるのを厭《いと》うような素振りを見せた。ただ、おしろも鈴彦姫も妖であるので、若だんなの頼み事を叶《かな》えるのが一番であり遠慮がない。

二人は怒りを口にするおすまを押さえ込み、さっさと着物を調べ始めた。

「ああ、あった。これ、これ」

二人が見つけたのは、帯の奥にしまいこまれていたお守りであった。香の良き香りがする。若だんなは手に取って香りを嗅《か》ぐと、そのお守りを親分の顔の前に持っていった。
「この香り、覚えがありませんか？」
もしかしたら、今まで掏摸られたものからも、こんな香りがしたのではないかと問
われ、日限の親分は寸の間、考え込む。やがて、ゆっくりと頷いた。
「そうだ、どの品からもこんな高直《こうじき》そうな匂いがしたっけな。金持ちの持ち物だから
香を焚《た》いてあるのかと、気にも留めなかったが」
しかし掏摸られた物全《すべ》てから、この香りがしたとなると、見過ごせない話となる。
「最近通町で掏摸られたものは、犬を使って掏摸仲間の元へと届けられた筈なんで
す」
先程日限の親分が言った通りだとしたら、犬にどうやって金を運ばせるのかが問題
となる。そして、犬は大層鼻が良い生き物なのだ。
「香なら、己で好きな香りを合わせて、この世で一つしか無いものを作れるでしょう。
その香りがする品を拾わせ、その後、同じ香りの持ち主の方へと持って来させる。こ
れが出来るなら、掏摸には都合の良いことでしょうね」
そう言っておすまの顔を覗《のぞ》き込むと、そっぽを向かれてしまった。若だんなはお守

りを手に、仁吉が抱いている茶の犬に近づくと、仁吉に犬を地べたへ下ろして貰《もら》った。若だんなは犬に香を嗅がせる。そして鋭くはっきりと言った。

「探せ！」

茶の犬は歩き出した。そして直《す》ぐ近くの表長屋へ行き小窓の下で座ると、上を見上げてから、若だんなの顔を見てくる。佐助が近寄って、その窓をあらためた。

心張り棒がしてなかった窓はあっさりと開き、その内側から紙入れが出てくる。人の家の中故《ゆえ》に、なかなか調べぬ場所であった。勿論《もちろん》犬が己で立ち上がって、こんな所に隠す訳がない。ここへ金を隠せたのは、金子を盗られた鈴彦姫達か、おすまであった。

「おすま、上手《うま》いところを考えついたもんだな。いや、これも慣れかねえ」

親分が感心したように言う。おすまはしかめ面《つら》を浮かべたまま、返事もしない。言い訳できぬということが、おすまの行状を物語っていた。

「これでおすまが掏摸られた品を受け取る方法が分かった」

親分が胸を反らし、ちょいと得意げに言う。さてそうなると、そもそも金子を掏摸った者は誰なのかという話になる。

「その内富治郎さんは、景気よく人にやっていた金子がどこから出たものか、番屋で聞かれるかもしれませんね」

　若だんなはおすまのお守りを、親分に渡した。

「勿論親として、黒川屋さんは息子さんを庇《かば》うでしょう。でも二度と馬鹿《ばか》なことをさせないよう、手を打つだろうとも思いますよ」

　富治郎はもう、好き勝手は出来なくなる。通町から掏摸が一人減るのだ。これで日限の親分への嫌がらせも、無くなるに違いなかった。

「またまたお手柄でした、親分さん」

　最後の最後に、若だんなが親分に笑みを向けると、取って付けたように言う。これを聞いた妖達が、苦笑を浮かべた。

「鈴彦姫、私はよく悩むのよ。親分さんが何時《いつ》、手柄を立てたのか分からないことがあるんでね」

「不思議ですよねえ、おしろさん。ああ親分がもう、己の手柄だってえ気になってきてる。後で同心の旦那《だんな》に、ちゃんと事を説明出来るんでしょうかしら」

「やれ、あの茶の犬を、取り逃がさなきゃいいんだが」

　屏風《びょうぶ》のぞきが笑ったその時、案の定おすまが親分の手に身をぶつけ、犬を逃がそうとする。だが仁吉が直ぐに、犬を押さえ込んだ。しかしその時、犬が暴れ仁吉の袖を蹴《け》ったものだから、安野屋の菓子の包みが地面に落ちてしまった。これに直ぐ犬が食らいついたから、たまらない。

「ああっ、若だんなへの土産がっ」

仁吉の顔が、険しいものになる。途端、尻尾《しっぽ》を後ろ足の間に隠した犬を、若だんなは急いで庇う羽目になった。


若だんなの手助けにより親分の悩みは、無事に解決した。親分は瞬《また》く間に元気になって、おすまを連れていった。

しかし。

妖《あやかし》達の方は、親分程には運が良くは無かった。気が付いた時屏風のぞき達は、春画の男女に逃げられていた。慌《あわ》てて探したものの、船にでも乗ったらしく、既に二人の妖は影も形もない。

鈴彦姫たちも、根付けは買えなかった。荒寺にあった金子は、富治郎が掏摸り盗った物のようで、親分が奉行所へ持って行ったのだ。

仁吉が買った饅頭《まんじゅう》もまた、全て犬に食べられて、一つも残らなかった。

おまけに歩き回ったせいか、家に戻った若だんなは例によって熱を出し、寝間でかいまきに巻かれて休むこととなった。

「何か、上手くいかなかったねえ……」

この結末に、妖達はしょげてしまった。だが若だんなは、げほげほと咳《せ》き込みつつ、それでも嬉しそうな顔をしていた。

「げほっ、日限の親分さんが十手を取り上げられなくって、良かったねえ。こほっ、おすまの足を摑んだ屏風のぞきは、お手柄だよ」

それに饅頭は無くなったものの、栄吉の噂《うわさ》は聞かせて貰えた。鈴彦姫達が金子の在《あり》処《か》を探しておいてくれたおかげで、金の被害が少なくて済んだ。

「久々に、己でも出来ることが一杯あると分かって、嬉しかったよ」

若だんなは空の星でも貰ったかのような顔つきをしている。

「みなのおかげだよ」

しかしいかに楽しげでも、若だんなは若だんなで、それから三日ほど咳《せき》を続けていた。だが四日目に起きあがると、この度の働きのご褒美《ほうび》だと、夜、妖達の為《ため》に久々の宴会を開いたのだ。

酒と料理と菓子がたっぷりと揃《そろ》えられ、若だんなも久々に酒を少しなめている。仁吉や佐助が、今日ばかりは薬湯ではなく、ご馳《ち》走《そう》を若だんなに勧める横で、妖は皆大いに張り切って楽しんだ。

その内若だんなと妖が、鳴家《やなり》達を将棋の駒《こま》に見立てて勝負を始めた。ところがこの駒は、卵焼きや蒲鉾《かまぼこ》に釣られて動いてしまうので、急に勝負の行方が変わったりしてしまう。

とにかく存分に飲んで食べて、皆気分がいい。ここで、早々に酔っぱらって赤くなった野寺坊が、首を傾げた。

「今回我々は若だんなを慰めようとして、しくじったと思っていた。でも若だんなは喜んでいるわなぁ。やはり上手くいったのかな」

すると皆が首を傾げる。

「でも、何も贈れなかったわ」

「春画の二人には逃げられたしな」

「目当ての菓子屋にも、行けなかったですよう」

数え上げると気持ちが塞《ふさ》ぐのか、一寸《ちょっと》妖達は眉尻《まゆじり》を下げ静かになる。だがここで、屏風のぞきがにやりと笑った。

「そりゃ何一つ贈れなかったさ。でもな」

とにかく若だんなは今、楽しそうではないか。これが大事だ。

「つまりまぁ、結局若だんなが喜ぶことになったから、いいのさ。妖ってぇのは、いるだけで若だんなの役に立つんだろうよ」

屏風のぞきの、この素晴らしい意見を聞き、わっと嬉しそうな声が上がる。にこにこと笑う若だんなの横で、仁吉が口の端を上げたが、結局何も言いはしなかった。

いっぷく

1

「ひえええっ」

若だんなが悲鳴と共に、離れの廊下を走る。

「きゅわわーっ」

何故《なぜ》だか楽しそうな声が、その後に続いていた。

ここ数日、廻船問屋《かいせんどんや》兼薬種問屋《やくしゅどんや》、長崎屋の離れでは、若だんな一太郎《いちたろう》が部屋内を逃げ回っていた。

「佐助《さすけ》、綿入れは三枚も着れば十分だ。これ以上重ねたら、達磨《だるま》みたいに丸くなって、転んじまうよっ」

「若だんな、でも今は冬です。寒いです。風邪を引きます！　もう二枚ほど、羽織ってみませんか？」

兄《にい》やである佐助は、病弱な若だんなを守ろうと、更に心配と綿入れを重ねてくる。

「私は大丈夫だってば！　それより今は、店の話をしたいんだよ。お前達も、あの話を聞いてるだろ？　だから……ああ駄目だってば！」

若だんなは四枚目の綿入れを避けて、己の寝間に逃げ込んだ。するとそこには、もう一人の兄や仁吉《にきち》の姿があった。綺麗《きれい》な面《おもて》でにこりと、それは優しそうに笑ったものだから、若だんなはほっとした顔となる。

「仁吉、いたのかい。良かった、佐助を止めて……あれ、何持ってるんだい？」

仁吉が差し出したのは、薬がなみなみと入った、巨大な器であった。はっきり言えば、どう見ても盥《たらい》にしか見えない。仁吉がその中身を薬湯だと言い出したものだから、若だんなが顔を引きつらせる。

「ね、ねえ仁吉、知っているかい？　薬は湯飲みか茶碗《ちゃわん》で飲むもんだよ」

「若だんな、この方がたっぷりと飲めます。きっと病も早くに治りますよ」

煎《せん》じ薬はどう見ても、百人分くらいはありそうであった。その上三途《さんず》の川が清流に見えそうな程の、凄《すご》い青緑色だ。以前死にかけ、冥界《めいかい》の奥、三途の川へ行ったことのある若だんなは、思わずその流れを思い出してしまった。

若だんなは綿入れと薬湯に挟まれ、逃げるに逃げられなくなって、寝間に座り込む。

「今、長崎屋は大変な時じゃないか。なのにどうして、こうなるのかな」

ここ何日か、長崎屋の手代《てだい》である佐助と仁吉は、もの凄い心配性の塊と化しているのだ。

二人共元々、お江戸の内で大事なものは、若だんなただ一人と心得ている手合いではある。それ故《ゆえ》、兄や二人が狐《きつね》や狸《たぬき》に取っつかれおかしくなったという訳ではなかった。

ただ恐ろしいことに、二人はこのところ、一刻《とき》の内に五回程、若だんなが危ういと心配するようになったのだ。

「兄や達、最近変だよ」

「何がです？」

しらっと聞いてきた仁吉に向け、若だんなが唇を尖《とが》らす。

「今朝だって、顔を洗おうとしただけで、騒いだじゃないか！」

「若だんなが溺《おぼ》れるかもしれないでしょう」

「昨日、離れの廊下を歩いたら、佐助が大騒ぎをしたよ」

「若だんながけつまずいて、足の骨を折るかもと、心配したんですよ」

佐助も、当然のことだと言わんばかりだ。

「昼餉《ひるげ》を食べれば、毒入りじゃないかって仁吉が言い出すし」

「妙な物を食べたら、どうするんです。死んでしまいますよ」

「庭を見たとき、暴漢がいないか狭い庭を探したのは、佐助だったね」

確か寝間で幽霊や悪霊《あくりょう》を探したのは、仁吉の方だ。一昨日《おととい》は二人して、寝ずの番までしていた。

おかげで最近の若だんなは綿入れを重ね着し、その上新たな種類の薬湯を嫌という程堪能《たんのう》させられていた。止《よ》してくれと頼んでも、何故だか今回は二人とも、わずかも引かないのだ。若だんなは真剣な顔付きで、兄や達の顔を覗《のぞ》き込む。

「どうしてそんなに、心配ばかりしてるのかね？　富士の御山が火を噴いて、この世が終わりになるという御神託でもあったのかい？」

若だんなが少々の皮肉を込めて言うと、佐助がその目を細くして重々しく頷《うなず》いた。

「若だんな、よく分かりましたね。その通りです」

「へっ？」

黙り込んだ若だんなに、佐助がすかさず、もう一枚綿入れを着せ掛けつつ説明をする。それは思いも掛けない話であった。

「実は最近、富士が火を噴く話に劣らぬ、奇態な噂話《うわさばなし》を耳にしましてね。妖《あやかし》のことを探している者がいるというのです」

「妖が関わった噂？　そりゃあ河童《かっぱ》とか狐狸《こり》の話は、時々耳にするけど」

お江戸では、見たり会ったりした事のない者でも、大抵狐憑《きつねつき》や化け猫の噂くらい聞いたことがある。もし河童と出会ったら捕まえて、盛り場で見世物にしようという輩《やから》さえ、いるかもしれない。珍しくもない話であった。

だがと言って、仁吉がここで表情を硬くする。

「今回の噂は、ちょいと変わっているのです。何故なら、噂されている妖の中に、鳴家《やなり》が交じっていたんですよ。噂を流した者は、小鬼のことを心得ているようでしてね」

「へえ、鳴家のことを？」

若だんなが目を見開く。

「鳴家達は、人に見えない筈《はず》だよね。ああ、でも鳴家の名前は、妖を描いた絵図に載ってたっけ。絵を見て、本物を探しているだけじゃないのかい？」

「それがどうも違うようなのです。身の丈は数寸だとか、具体的な話が伝わっていまして。本を読んだだけの者にしては、妙に詳しいんですよ」

「なんと……」

鳴家を本気で探している者がいるとしたら、確かにそれは奇妙な話ではあった。見えない鳴家を捕まえても、見世物にも出来ない。鳴家は家などを軋《きし》ませる妖で、元々大した事は出来はしない。故に、わざわざ退治したい訳でも無いだろう。

「何で、探してるのかしらね」

若だんなが眉《まゆ》を顰《ひそ》め、首を傾《かし》げる。つい心配そうな口調になったのには、訳があった。実は長崎屋は、妖と大層縁が深かったからだ。

若だんなの祖母ぎんは、人ならぬ大妖《たいよう》であった。孫である若だんなは、人として生まれてはいるが、その妖の血故に妖達の事が分かる。若だんなの事を守っている佐助、仁吉という二人の兄やも、人型をとってはいるものの、佐助は犬神《いぬがみ》、仁吉は白沢《はくたく》という別の名を持つ妖であった。人の営みから一つ外れたところで生を受けた者達なのだ。

他にも長崎屋には数多《あまた》の妖が住んだり、余所《よそ》から若だんなの部屋へ顔を出してきたりしている。誰ぞが探しているという鳴家達も、勿論《もちろん》長崎屋に沢山巣くっていた。

今も名が出て呼ばれたと思ったのか、鳴家達は天井隅の暗がりから姿を現し、わらわらと降りてくる。そして若だんなの膝《ひざ》に乗り込むと、一緒に首を傾げ、嬉《うれ》しげな表情を浮かべていた。

「仁吉、誰がどうして、鳴家のことを調べているんだと思う？」

「分かりません。それだけに気に掛かります」

一番の心配は噂がきっかけとなり、妖と長崎屋の縁を、他に知られてしまうことであった。

妖が店に出入りしていると分かったら、長崎屋の商いの妨げになる。いや下手をしたら兄や達が、若だんなの側《そば》に居られなくなるかもしれない。二人はそれを一番に案じていたのだ。

（その不安な気持ちが、兄や達を多少……大いに暴走させてるのか）

若だんなは心中得心がゆくと、一つ落ち着いて頷く。そして目の前の盥入りの薬湯から、器用に目を逸《そ》らすと、鳴家の頭を撫《な》でながら考え込んだ。

「見えない妖を探す者、か」

鳴家は恐《こわ》がりだから、妙なことにならぬよう、さっさと調べてやりたい。出所を探し出し、噂を流した人物を突き止めるのだ。そうすれば、事に対処出来る。

しかし。

「でも調べごとをするには、時期が悪いよね」

今の長崎屋には、他にも緊急の用件があったのだ。

「だってさ、今おとっつぁんは、いや廻船問屋長崎屋は大変な時なんだもの。兄や達だって、あのことで忙しいんだろう？」

「ああ、品比べのことですか」

佐助がここで口元を、ぐっとへの字にした。三日前、長崎屋には珍しい客があったのだ。

2

江戸でも有数の賑《にぎ》やかな通りに店を出している長崎屋は、廻船問屋兼薬種問屋の大《おお》店《だな》であった。

薬種問屋は、元々病弱な跡取り息子一太郎の為《ため》に開いた店であったから、品は良い上、購《あがな》いやすい値の薬が揃《そろ》っている。

一方廻船問屋長崎屋が扱う品の内の多くは、西国から入る物であった。上方《かみがた》や長崎、もっと遠くは琉球《りゅうきゅう》から運ばれてくる物品も多く、珊瑚《さんご》や羅紗《ラシャ》、玻璃《はり》の器など高直《こうじき》で珍《めずら》かな品も扱われている。長崎屋はその裕福さと手堅さで、江戸でも名を知られた店なのだ。

　ところが。

　最近、その長崎屋に挑みかける商売相手が出てきたのだ。日本橋の北、瀬戸物《せともの》町近くの唐物屋《からものや》小乃屋《おのや》と、最近大番頭が変わった、日本橋の唐物屋西岡屋《にしおかや》であった。

　両家とも本家は近江《おうみ》にある。西岡屋は、本家の使用人であるところの大番頭が店を仕切る、江戸店《えどだな》だ。一方小乃屋は、本家の親戚筋《しんせきすじ》の者が分家し、江戸に新たに開いたばかりの店であった。

　小乃屋は西岡屋に誘われて、趣味の『連《れん》』、つまり菊を愛《め》でる会に顔を出したという。そしてそこで西岡屋は、ちょいとした挨拶《あいさつ》の品を配った上で、口上を述べたらしい。小乃屋が新規に店を開いた故、皆々様に一度品物を見に来て欲しいと言ったのだ。

　佐助は、離れで若だんなの遅い朝餉を出しつつ、両家の話をする間中、口元をひん曲げていた。

「連で、店主が店の紹介をするのは珍しい話じゃありません。だが小乃屋と西岡屋のやりようは、どうにも胡散臭《うさんくさ》いんですよ」

　菊を愛でる会で声を掛けられた客らは、どういう訳だか、ほとんどが長崎屋の得意先であったのだ。

唐物屋が商う品々といえば、やはり唐渡りの値の張る品物であるから、廻船問屋長崎屋の扱う物と品目が重なる。つまりそんな品を買える長崎屋の客が、新参の小乃屋や西岡屋に狙《ねら》われた格好であった。

「一体どこで、長崎屋の得意先の名を調べたのやら」

渋い顔の佐助の横で、茶を淹《い》れていた仁吉が言葉を継ぐ。

「西岡屋は江戸店だ。その大番頭が、わざわざ新参の小乃屋を、江戸で引き回しているんだ。つまり近江にある本店同士が、関わり合いがあるんだろう」

二つの店は数ある江戸店から、長崎屋がどこと取引をしているか、聞き集めたのやもしれない。

「長崎屋は儲《もう》かっているからね。その店から一気に得意先を奪えれば、この先江戸で楽に商いをしていけるとでも思ったのだろうさ」

仁吉がふんと息を吹いた。

「両家とも、背後に近江の本家が控えている。油断がならないな」

要するに兄や達は二人とも、西岡屋と小乃屋が気に食わぬらしく、ぶつぶつと若だんなに言い立てる。

「長崎屋が得意先を奪われ、大損が出たら大変です。離れの火鉢に入れる炭を、節約する羽目になるやもしれません」

そんなことになったら、若だんなが風邪をひいてしまうと二人はのたまう。

「ぎゅんいー、節約？　若だんなは、たっぷりお菓子を食べられないのですか？　つまんないですよう」

鳴家が、きゅわきゅわ鳴きながら若だんなの袖口《そでぐち》から潜り込む。今日もいつものように菓子が袂《たもと》の中にあるか、確かめねばならぬと思ったらしい。袖の中で動き回る鳴家をそっと押さえた後、若だんなはにこりと笑って、兄や達の顔を見た。

「ねえ、忙しいなら私も商売を手伝うよ。こう見えても、長崎屋の跡取り息子なんだから」

若だんなは真面目《まじめ》に言った。すると兄や達が、大いに頷いたのだ。

「おお、若だんなは長崎屋のことを考えておいでなんですね。さすがは、あたしらがお育てした若だんなです」

「若だんな、大きくなられましたね」

仁吉と佐助の嬉しげな顔を見て、若だんなは口元に、大きな笑みを浮かべた。

「嬉しいよ。二人とも分かっておくれかい」

「はい。ですから、商いが忙しい旦那《だんな》様に心配を掛けぬよう、寝ていて下さいね」

そう言うと佐助が、ふかりとした布団《ふとん》を指し示す。

「何で……！」

若だんなは憮然《ぶぜん》とし、立ち上がった。己に出来る事が、寝ていることだけだなどとは思いたくない。断じて嫌だ。

「私だって、店を手伝うんだってば！」

そう宣言すると、兄や達は首を傾げている。

「どうして苦労したいんです？　あれま、本気なんですね？　でも、熱が出ますよ」

二人が働いてもよいと言わないので、若だんなは咄嗟《とっさ》に母屋《おもや》へと逃げ出した。

(店表にいる、おとっつぁんのところへ行こう)

当主である藤兵衛《とうべえ》から手伝っていいとの言葉を貰《もら》えば、しばらくは店にいられる。兄《にい》や達は慌《あわ》てて後を追ってくる。

中庭を横切り襖《ふすま》を開け、店表へひょいと顔を出し、父親の方を見た。だがそこで、若だんなは立ち止まってしまう。店表の土間に見慣れぬ客が三人ばかり、伴《とも》を連れて立っていたのだ。その中で、五十代も後半の男は見たことがあった。

(あれは……噂の唐物屋、西岡屋さんじゃないか)

訪ねてきたのは、店を預かる大番頭、定之助《さだのすけ》だ。後の二人は知らぬ顔であったが、似た顔と歳《とし》からして、親子のように見えた。藤兵衛が若だんなを側に呼び、紹介すると、西岡屋は連れの男を小乃屋だと告げた。小乃屋は藤兵衛に頭を下げ落ち着き払って口上を述べた。

「私は、この度江戸に店を出しました、唐物屋小乃屋の主《あるじ》、辰治郎《たつじろう》と申す者でございます。小乃屋では西岡屋さんと同じゅうに、舶来の品などを扱っております」

互いの本家が知り合いであったので、江戸に来た小乃屋は、同業の西岡屋をまず頼った。その時、江戸で名の知れた同業の店のことを聞いてみたのだという。

すると西岡屋がまず名を挙げたのが、唐物屋ではなく廻船問屋の長崎屋であった。

「長崎屋さんは自前の船で、遠方より珍かな品を仕入れておいでとのこと。こちらのお店の品は、大尽《だいじん》と言われる御仁《おひと》らにもお武家にも、大層歓迎されているとのことで」

見習いたい相手として、小乃屋はまず、長崎屋へ挨拶に来たのだという。そして小乃屋は、息子の七之助《しちのすけ》を紹介した。

軽い挨拶だけでは帰らぬとみて、藤兵衛は三人を店奥の一間に上げ、茶を勧める。

客人らはしばし、ゆるりと当たり障《さわ》りのない話をしていた。しかしやがて、小乃屋の跡取り息子七之助が、とんでもないことを言い出したのだ。

「長崎屋さん、江戸のお客様は近江の方とは、また違う考えをされるそうですね」

それに町人だけでなく、武家の客も多い筈だ。勿論大店の長崎屋には双方の得意客が、数多いることだろう。

「ですが小乃屋は、江戸に店を開いたばかり故《ゆえ》、まだそんな、お客様の好みを摑《つか》みきっておりません。よって近々開店披露の会を開くつもりでございました。その折りに、お客様の好みをお聞きしようと思ってまして」

だが西岡屋が今日、長崎屋の店に連れて行ってくれることになったので、七之助には、別の考えが浮かんだ。面白いことを思いついたのだという。

「出来ましたら開店披露の会を、品比べの席に変えたいと思ったのです」

その方が面白いと思った。人の興味も引くだろう。噂にもなる。小乃屋の名が知れる。

七之助は品比べのことを、万年青《おもと》や菊の連でよくやる、品定めのようなものにしたいと説明した。客人に、二軒以上の店が出した品を見せ、優劣を付ける会だ。その場で品に値が付いてもいい。

「そういう会を開けばきっと、お客様がどんな品を欲しておいでか分かります」

これから江戸で商いをしていく小乃屋としては、是非にやりたい催しであった。そして、品比べは、小乃屋だけでは出来ない。

「長崎屋さん、うちと品比べの会をしていただけませんか」

勿論その事は父の辰治郎も承知だと、七之助は話をくくった。

「品比べ？」

藤兵衛と番頭が、思わず顔を見合わせる。父藤兵衛の横でおとなしく話を聞いていた若だんなも、振り返って仁吉達の顔を見た。だが二人は眉を顰めている。

しばし場が静まって藤兵衛が返事をしなかったものだから、七之助は慌てて、話を付け加えた。この申し出には勿論、長崎屋にとっても良いことがあると言うのだ。

「父の兄は近江で、唐物屋の当主をやっておりまして。伯父は江戸の御仁とも、幾らかは縁がありますようで」

実は本家からの開店祝いとして、小乃屋は江戸で、幾人か客を紹介して貰えることになっているのだ。勿論舶来の品を買える、懐《ふところ》の豊かな面々であった。

「品比べの会には、その方々に来て頂きます」

長崎屋さんにとっても、新たな客人と知りあえる、良い機会となる。七之助はそう言うのだ。

ここでやっと藤兵衛が口を開いた。

「さて七之助さん、初めてお会いした早々、驚くような話をなされますな」

いきなりそんなことを言われても、直《す》ぐには対応出来ない。第一、廻船問屋長崎屋は、唐物屋では無い。唐物屋と商売ものを比べろと言われても返答に困ると、藤兵衛はやんわり断りを口にする。つまり、お話にならぬと、突っぱねたのだ。

ここで七之助が、言下に断らないでくれと泣きつく。だが藤兵衛が正面から視線を七之助に向けると、まだ若く、若だんなと幾つも違わないように見える七之助は一寸《ちょっと》身を引き、言葉をのみこんでしまった。

すると横から西岡屋が、七之助に助け船を出した。

「長崎屋さん、そんなにあっさり話を終わらさんといて下さい。いや、もう一度考えて欲しいですな。そや、私に考えがあります。その話を聞かれたら、やっぱり引き受けるとおっしゃって下さるやもしれませんよ」

「はて、何でしょうか」

西岡屋によると、そもそも品比べは当初、小乃屋から西岡屋に持ちかけられたものだという。両家の近江本家の力で、江戸でも裕福な客を集める心づもりであったようだ。小乃屋の開店の披露として、絶好の場であった。

ところがこの話に、西岡屋はのれなかった。西岡屋にとっての利が無いように思われたのだ。

それで小乃屋は困り考え込んだ。果てに七之助が、長崎屋に話を持ち込んだのだ。そして今七之助の話を聞いて、西岡屋には考えが浮かんでいた。

「あのですね、長崎屋さんと小乃屋さん、そして私ども西岡屋、三店での品比べというのはいかがでしょう」

大がかりな品比べとなるだろう。見たいという客人は多い筈《はず》であった。それならば西岡屋も加わってもいい。

「長崎屋さん、この話をお断りになるのは構いません。しかしこうなったらその場合も、西岡屋は小乃屋さんと品比べをしようと思います」

その場合、これから他の江戸店を品比べに誘うことがあるやもしれない。つまりもしこの話を受けなかった場合、一時の事ではあっても、長崎屋は上客と話題を江戸店に奪われる羽目になる。断るならばそれを承知で断れということらしい。

「だ、旦那様」

番頭が動揺した顔を藤兵衛の方へ向けている。藤兵衛はといえば、もう一度ぴしりと背を伸ばすと、西岡屋を見つめてから七之助へ目を向けた。しばし、その顔を見てから……柔らかい笑みを浮かべた。

「分かりました。そうと言われては仕方がありませんな。長崎屋も品比べの会に、何ぞ出させて頂きましょう」

「これは、ようございました。引き札を配りましょう。きっと評判を取りますよ」

西岡屋も小乃屋も、嬉《うれ》しげな顔付きをして、深く藤兵衛達に頭を下げた。廻船問屋相手の勝負など、もう決まっていると考えているのかもしれない。

余裕の態度であった。

3

ちょいと咳《せき》をした若だんなは三日程離れにこもることになった。それで四日目に意を決し、素直に四枚目の綿入れを着たので兄や達が頷《うなず》き、若だんなは昼前から店の方へ出ることが出来た。

廻船問屋長崎屋の店奥には、今日もいつもと変わらず数多《あまた》の荷が入ってきている。今日は小ぶりで凝った瀬戸物や塗り物が多い。それに琉球《りゅうきゅう》からの布などが目に付いた。賑《にぎ》わう店表へ若だんながひょいと顔を見せると、帳場にいた藤兵衛が笑みを浮かべ、さっそく息子を呼び寄せた。

「おや、今日は早いこと。調子がいいのかい？　嬉しいね、ほら、これでもおあがり」

藤兵衛が差し出したのは、長崎屋の船常磐丸《ときわまる》が運んできた、届いたばかりの京の打ち菓子であった。花をかたどったそれは上等な物で、本来であれば、今度の品比べに出しても恥ずかしくない一品だ。

しかし西岡屋達は、近江に本家を持つ唐物屋なのだ。京、大坂の品物では、相手方が有利に違いない。

「おとっつぁん、今回の品比べ、大変そうですね」

若だんなが濃い茶を貰いながら気になっていた事を言うと、藤兵衛が口元に苦笑を浮かべる。

「この度の品比べは、初めから西岡屋さん達に、利があることなんだよ」

そもそも小乃屋では、江戸での開店に合わせ、客だけでなく、これはという唐物を集めているに違いなかった。西岡屋も、あの話し合いの場で、三店による品比べを思いついたような事を言ったが、実は長崎屋へ話を持ち込む前に小乃屋から話を聞き、品集めを始めているに違いないと藤兵衛はにらんでいる。

「その上、だ。あちらがどういう客人方に来て頂くかということすら、その内にと言われたまま、教えて貰っていない。どの場所で開くかも分からない。大変困った事だな」

　昨日西岡屋に聞いたが、教えてもらえなかったと言って苦笑を浮かべているものの、それでも藤兵衛の物腰は落ち着いたものであった。お八つを齧《かじ》りながら、若だんながちょいと首を傾《かし》げていると、藤兵衛が帳面を手にして言う。

「騒いだとて仕方のない話だ。お得意様にとって、初めての店で見る品物は、珍しいだろうしねぇ」

　品比べ一回きりの事であれば、長崎屋の客の目は余所《よそ》の商品へ向くだろう。だが勝敗と、商売を続けてゆくことはまた違うと藤兵衛は言うと、息子に今度は、長崎の菓子びすかうとを与えた。若だんなは一枚の菓子を、せっせ、せっせと食べつつ首を捻《ひね》る。

「小乃屋さんは、本家から上客を紹介して貰うというのに、長崎屋の客まで欲しいんでしょうか。欲張りですねえ」

「まだ、どういうお人かよく分からないが、商売上手なのかもしれないね」

　あの跡取り息子もしっかりしていたよと言って、藤兵衛は帳面を見ながら算盤《そろばん》を入れ始めた。途端に若だんなは己も仕事がしたくなり、父にねだって算盤を代わって貰った。

「さあ、私だってやるよ」

ところがこの時、手からあっと言う間に算盤が消えていた。横を見れば佐助が隣に、姿を現していた。

「若だんな、帳付けなど私がやりますから、菓子を食べていて下さいね」

「佐助、そんなことばかり言って……」

若だんなはさっそく抗議をする。だが……寸の間店表の方を見て目を見張った後、言おうとした言葉を急に飲み込んでしまった。

「分かった。じゃあ頼むよ」

そう言って立ち上がると、菓子を手に、藤兵衛と帳面を付け始めた佐助の側《そば》を、静かに離れてゆく。土間へ降りたときその袖《そで》の内へ、隅から鳴家《やなり》が何匹か飛び込んできた。そのまま若だんなは急ぐ風もなく、暖簾《のれん》をくぐって表の通りへ出た。

先程店の外から、手招きしている手が見えたのだ。その誘いは何故《なぜ》だか、若だんなに向けられているように思えた。

そんな主の分からぬ手を探しに出かけたら、佐助が怖い顔をするに決まっている。よって若だんなはこっそりと、店の外へと出てみたのだ。

すると近くの堀沿い、柳の木の側に、見たことのある顔が立っていた。

「これは、小乃屋の七之助さん」

七之助を改めて見た時、若だんなはふと首を傾げてしまった。どうしてだか分からないが、少し、懐《なつ》かしいような気がしたのだ。

(以前、どこかで出会った事があるかな)

だが何時《いつ》、どこで会ったかと聞かれたら、返事が出来ない。思い違いかとも思う。若だんなが堀へとゆくと、人には姿が見えないのをいいことに、袖口から鳴家が三匹ばかり顔を出してきた。鳴家も七之助を見ながら、思案顔をしている。

「はて、七之助さん。店へ入って下さればいいのに、どうなさいました」

わざわざ長崎屋へ来たのに、どうして寄らないのかと若だんなが問う。七之助は何故だか何度も若だんなを見ては、言葉を飲み込んでいる。

(はてはて?)

七之助は若だんなと似た歳で、同じように店の跡取りだ。店同士の品比べなどが無い時ならば、新しい友が出来るかもと、若だんなは喜んだに違いない。しかしこれから対峙《たいじ》する相手では、つい身構えてしまう。どうして若だんなを、わざわざ店の外へ呼び出したのかが分からない。

「今日はまた、何の御用で？」

　問うと、七之助はまた少しばかり、迷っているかのような様子を見せた。しかし直《じき》に、懐から書き付けを取りだす。そして「内緒だよ」という言葉と共に、若だんなに差し出したのだ。

「何なんです、これ？」

　紙を開くとそこには、沢山の名が並んでいた。武家の名も多い。高名な札差しや米屋、両替商の名も書かれている。じきに若だんなには、どういう名なのかが分かった。

「これは今度行う品比べに、招かれている客人達の名前ですね」

　見事に裕福な懐具合の者達が並んでいる。すると七之助が、ぱっと笑みを浮かべた。

「当たりです。若だんなは相変わらず察しが良いようや」

「相変わらずって？　あの、どこかでお会いしましたっけ？」

「いや……若だんなのことは、噂《うわさ》で聞いていたんですよ」

　あっさりそう言ってきた七之助のことを、若だんなはもう一度見直した。

（七之助さんは、何だか引っかかる言い方をするなぁ）

　しかし重要な名の一覧を届けてくれたのだから、若だんなはまず七之助に礼を言い、頭を下げた。この客達が品比べの日、品の優劣を決める者達、つまり長崎屋の評判を決める者達なのだ。

「昨日父は西岡屋さんに、客を誰にしたのか聞いたのですが、まだ分からぬと言われたそうです。だから今日、この名前を頂けるとは思わなかった。ありがとうございます」

これで長崎屋も、客の好みを考えて品集めが出来る。すると若だんなの話を聞いた七之助が、にやりと笑った。

「へええ、西岡屋さんは昨日、まだ誰を客として呼ぶか、決まっていないと言ったんですか」

「……そうだったのですよね？」

「さて、どうでしょう」

若だんなはその顔を見つめた。

（この御仁は味方なんだろうか。それとも長崎屋の、敵方ということなのかな）

七之助の態度は親切そうでいて、今ひとつはっきりとしない。するとここで七之助が、若だんなに、にたっと笑いかけた。

「この書き付けを渡したんは、西岡屋さんには秘密です。つまり私はそういうことをしたんです。だから若だんな、代わりにちょいと、私の問いに答えて欲しいんですが」

七之助の言葉は、優しい言い方はしていたが、強制とも取れる。「えっ」若だんなが小さく堅い声を上げると、袖口から顔を出している鳴家達が、首を傾げた。

「一体、何を答えろと」

長崎屋が品比べに出す物が何か、聞かれるのだろうか。思わず身構えた時、鳴家の一匹がひょいと袖から出る。そして鳴家は突然、思いもかけない行いに出た。

七之助の足に、突然齧り付いたのだ。

「痛っ」

七之助は思わず声を上げた後、大きく足を振った。そして見えている筈はないのに、鳴家を探しているかのように、視線を足下の地面に向けたのだ。

「七之助さん？」

若だんなが、驚いて七之助の顔を見る。目が合った途端、七之助の方がすいと顔を逸《そ》らした。若だんなの内に疑問が溜《た》まってゆく。

（どういうことかしら。七之助さんには、鳴家が見えているのだろうか）

大体気にくわない事があったにせよ、鳴家がいきなり人に嚙《か》みついたというのは、初めての話であった。今までに、そんなことをした事は無い。訳を鳴家に聞いてみたいが、七之助の前ではそれも出来ない。

（もしかして七之助さんは、鳴家のことを見ていたのかな）

それが分かった鳴家に、噛みつかれたのだろうか。だとしたら例の妖《あやかし》の噂を流した主は、七之助かもしれないと、若だんなが顔を強《こわ》ばらせる。本当にそうであるのなら、この場で七之助に何と言ったら良いのだろうか。

するとその時、長崎屋の中から渋い顔つきの佐助が出てきた。若だんなが表通りに出たことに気づき、病を得て倒れていないか様子を見に来たのだ。

「おや、手代さんだ」

その姿を見た七之助は、それ以上何も問わず、ちょいと頭を下げるとその場を離れていってしまった。遠ざかるその後ろ姿に気づいた佐助が、射るような視線を送っている。

だが佐助が口にしたのは、七之助と関係のない一言だけであった。

「若だんな、表に出るのでしたら、あと二枚は綿入れを着て下さいね」

「六枚も着たら、私はころりと太った、達磨《だるま》の親戚《しんせき》になってしまうよ」

既に四枚着て動きにくくなっている若だんなは、貰《もら》った書き付けを片手に、慌《あわ》てて店の内へと取って返した。

4

夜となって、長崎屋の離れには、妖が数多集まってきていた。そして何枚も夜着《よぎ》を着せられている若だんなは、疑問も多数抱えている。若だんなは知りたいことを、指を折って数え上げていた。

一つ、七之助が本当に、鳴家を見ることが出来るかどうかということ。

一つ、妖についての噂の元が、七之助であるか否《いな》かということ。

一つ、西岡屋と小乃屋は、仲が良いのかということ。

一つ、七之助が昼間、若だんなに聞きたかった問いは、どういうものかということ。

一つ、西岡屋や小乃屋が品比べに出す品物は、何かということ。

ここで妖達が、品比べに出す品物については既に調べが済んでいると、胸を張った。西岡屋も小乃屋も、大した品を揃《そろ》えてきているそうだ。

「西岡屋はあの会の為《ため》に、伊万里焼《いまりやき》の大花入れを用意してました」

猫又《ねこまた》のおしろによると、それは長崎から外《と》つ国《くに》へ送られるような品で、鳳凰《ほうおう》が描かれ、身の丈ほどの大きさがあったという。

「凄《すご》いのぉ」

皆から思わず声が上がる。

「きゅんいー、特大の花入れだけじゃなく、大きな壺《つぼ》もありました」

鳴家が付け加える。

「美味《おい》しそうな砂糖菓子もありました」

「ぴかぴかの金具が一杯付いた、大きな簞笥《たんす》も見ましたよう」

「お饅頭《まんじゅう》も見ました」

「大きなぎやまんの金魚鉢も置いてました」

「金玉糖《きんぎょくとう》もあったんです」

「下らねぇ。鳴家の話の半分は、食い物のことだな」

ここで話に茶々を入れたのは屛風《びょうぶ》のぞきで、おかげで鳴家達と睨《にら》み合いになる。鳴家達はぎゅいぎゅいと吠《ほ》えた。

「お菓子の事を言って、何が悪い？　ぎゅんいーっ、大きな花入れとどっちが大切か、分からないじゃないかっ」

鳴家達にとっては、明らかに菓子の方が魅力的なのだ。

この諍《いさか》いに溜息《ためいき》をついた仁吉が妖達に話の先を促すと、鈴彦姫《すずひこひめ》が小乃屋の方を見てきたと言った。小乃屋では京物の、華やかな帯を数多《あまた》揃えているらしい。

「あれは贈答の品として素晴らしいです。私も欲しかったです。まるで吉原の太夫《たゆう》があつらえるような、そりゃあ豪奢《ごうしゃ》な帯でした」

小乃屋は帯に合った、立派な着物も用意しているらしい。この話にも、妖達がざわめいた。

「へえ、西陣のものかねえ」

「こりゃあ長崎屋が、対抗する品物を揃えるのは、大事《おおごと》だね」

若だんなが小さく溜息をつく。とにかくこれで、疑問の一つがはっきりしたわけだ。

ここで饅頭片手の屏風のぞきが、小乃屋と江戸店《えどだな》達の関係について考えを述べた。

「小乃屋を長崎屋へ紹介したのは、西岡屋だ。だがひょっとして西岡屋と小乃屋は、余り仲が良くないんじゃないかい？」

それで七之助は若だんなに、品比べの客について教えてくれたのではないかと言う。

西岡屋は品比べを一度断ったりと、小乃屋に対して、態度が大きい。

「つまり、西岡屋の大番頭は本家の雇われ人だが、分家したばかりの小乃屋の主人を、己と同格だと思ってるのさ」

それを察した小乃屋の主《あるじ》は、おもしろくない。それで両家の関係がこじれ、跡取りの七之助が勝手な事をやり出したのではないかと言うのだ。

この考えを聞き、佐助が驚いたように目を見張る。

「おお、何ともまともな意見ではないか」

屏風のぞきがその鼻を、天井の方へ向けた。だが、己も西岡屋へ行っていたという蛇骨婆《じゃこつばば》は、首を傾《かし》げる。

「定之助さんは、最近西岡屋の大番頭になったお人ですが、結構気位が高いですよ。商いを始めたばかりの小乃屋を、江戸店よりも上だとは確かに思っちゃいないでしょう」

西岡屋の奉公人達も、品比べでは長崎屋だけでなく、小乃屋にも勝つつもりのようであった。

「でもだからって、不仲には見えなかったです。同業の店はいわば競争相手。まあ、取り立てて仲良くはないけれど、あんなもんでしょうかね」

「うっ……」

屏風のぞきが黙り込む。若だんなは小乃屋七之助の顔を思い浮かべ、眉尻《まゆじり》を下げた。

「では、私に客の名前を教えてくれたとき、七之助さんが聞きたそうにしていたこと。誰かそいつが分からないかい？」

するとここで答える代わりに、仁吉が若だんなに問うた。

「若だんな、若だんなは七之助さんを、見たことがあるような気がすると、おっしゃっていませんでしたっけ？」

もし以前に、七之助が若だんなと関係があったとしたら、その時のことを聞いてきたのかもしれない。

だがこの思いつきに、若だんなは首を振った。七之助は、最近まで上方で暮らしていた。七之助と会ったことがあるとは、どうしても思えないのだ。

「私と会える筈《はず》はないよね」

皆が答えに詰まり、座が一寸《ちょっと》静かになる。すると今度は佐助が、残った二つの問い、妖の噂について話し始めた。

「七之助さんが、鳴家を見ているかどうかと、妖の噂の元が七之助さんか否かは、根が繋《つな》がっている気がします」

どちらにも、鳴家と七之助が関わっているからだ。噂については今、妖達に調べさせているが、とにかく七之助は明らかに怪しい。

「そもそも鳴家が突然、人に噛みつくなど初めてのことで」

「そうだ、そのことを聞いておかなきゃ」

若だんながが、火鉢の側《そば》に数多集まっていた鳴家に目を向けると、小鬼は大福や饅頭をせっせと減らしている最中であった。

「鳴家や、昼間どうして、七之助さんに噛みついたんだい？」

すると、きゅーきゅー、ぎゃわぎゃわ、鳴家達が声を上げる。その時、茶を飲んでいた一匹が胸を反らして立ち上がり、ぺろりと言った。

「あいつ、屏風のぞきみたいだから噛んだ」

これにうんうんと、周りの鳴家が頷《うなず》く。七之助は、若だんなが思わず身構えるようなことを口にした。気にくわない奴《やつ》だと言う。

「あいつ、生意気、生意気！」

「おや、鳴家は七之助さんの言い方が、気に入らなかったんだ」

若だんなが驚いたその時、屏風のぞきがぺしっと鳴家を打《ぶ》った。怒った鳴家が団体で噛みつき返し、双方共に畳に転がる。

「ありゃあ」若だんなが心配げな声を上げたので、仁吉が面倒くさそうにそれを止めた。

「止《や》めな！　でないと三日ほど菓子を食べさせないぞ。今日、これが船で届いたんだが、な」

仁吉が、大坂から来た名代のおこしを取り出すと、その効力は長崎屋の妙薬健命丸《けんめいがん》よりもあらたかであった。双方急に大人しくなって、きちんと座り込む。これには若だんなも笑い出し、おこしの箱を開けると皆に分けてやる。そして佐助を見た。

「一番気になるのは、やはり七之助さんのことだね」

七之助には、底の知れぬことが多いのだ。

鳴家は七之助が気に食わぬ様子だ。西岡屋の味方かどうかも怪しい。考えてみれば今回の品比べは、小乃屋が、つまりは七之助が長崎屋を巻き込んだようにも思える。

ここで妖の野寺坊《のでらぼう》が、陽気に問うてきた。

「あの男のことを、上手《うま》いこと調べられたら、酒が出るか？　蒲鉾《かまぼこ》を食べられるか？」

途端に渋い顔をした兄《にい》や達の横で、若だんなが笑って頷いたものだから、野寺坊は隣にいる美童姿の獺《かわうそ》と共に、大層幸せそうな顔つきになる。また離れで酒宴がありそうだと知って、他の妖達も俄然《がぜん》張り切ったようであった。妖達は要するに楽しく騒ぐのが、大好きなのだ。

「では酒と蒲鉾と卵焼きの為に、頑張って調べて参りまする」

「野寺坊、いつの間に卵焼きが加わったんだ？」

佐助の声が低くなった時、若だんなの周りから、妖達の姿が消えていた。

5

翌日、長崎屋の離れは、思惑とは反対の、大きな危機を迎えてしまった。

小乃屋へ色々調べに行った鳴家《やなり》が、何と七之助に捕まってしまったのだ！

七之助は一匹の鳴家を捕らえた後、風呂敷《ふろしき》の口を厳重に縛ってしまったらしい。一緒にいた鳴家達は、堅い結び目を解《ほど》くことが出来ず、泣きながら長崎屋へ帰ってきた。

思いがけぬ不幸は、若だんなにも起こった。綿入れを四枚も着ていたにも拘《かか》わらず、風邪を引いて倒れてしまったのだ。

おかげで、泣く鳴家達から報告を聞き、かつ若だんなの看病をすることになった兄や達は、咳《せ》き込む若だんなの横で、目を三日月のように細くしている。

「げほっ、鳴家……七之助さんはどうやって、鳴家を捕らえたんだい？」

「若だんな、話すと喉《のど》が苦しくなりますよ」

若だんなの枕元《まくらもと》に、仁吉は特製の薬湯を置いた。それは良くあることであったが、今回もまた、ただの湯飲みには入っていなかった。薬湯は何杯でも飲めるように大振りな薬罐《やかん》に入れられていたのだ。

その恐ろしい物を横目で見つつも、だが若だんなは黙らなかった。

「だって話を聞かなきゃ。鳴家を助けなきゃ」

鳴家達がふんふんと、必死に頷いている。それから鳴家は一言「風呂敷」と言うと、若だんなの枕元にあった風呂敷を、薬を入れてあった竹籠《たけかご》の上に被《かぶ》せた。そしてその真ん中に、金平糖《こんぺいとう》を置く。

一匹が竹籠によじ登り、布の上に手を伸ばした。身を乗り出し菓子を取ったところで、「ぴぎゃっ」という声を残し、鳴家はすとんと籠中に落っこちてしまった。

中で風呂敷に絡《から》まり、もがいて出られぬ鳴家を見た仁吉が、眉間《みけん》に皺《しわ》を寄せる。

「おや、七之助さんは布一枚で、鳴家を捕らえたらしいですね」

「何と、風呂敷とは……」

若だんなが熱を持った赤い顔で考え込む。このやり方をするには、一つ知っていなければならないことがある。つまり。

「鳴家がお菓子が好きだって、ごほっ、どうして分かったのかな」

その時屏風のぞきがひょいと、枕元に置いてある屏風から姿を現す。見ればその背後に、おしろや野寺坊、鈴彦姫など、他の妖達も顔を出していた。

「おやみんな、どうしたの？」

問われて、屏風のぞきが眉を顰《ひそ》める。

「若だんな、この気の小《ち》っせー小鬼を、小乃屋で捕まったままにしておくわけにゃ、いくまいて」

小鬼を捕まえたということは、どうやら七之助は本当に、妖《あやかし》を見ることが出来るのだろうと言う。となれば、長崎屋に妖がいることは、とうにばれている。もう、隠す必要はない。

よって屏風のぞきは妖仲間と、正面から鳴家を取り返しに行く気らしい。

「あれま、鳴家が心配かい？　それは嬉《うれ》しいことだけど……けほっ、ちょいとお待ちよ」

若だんなは布団《ふとん》の中から、屏風のぞきの着物の裾《すそ》を摑《つか》み、寸の間待ってくれと妖達を止めた。いくらなんでも、妖が正面から店へ押しかけたのでは騒ぎになる。

「私がきっと……げふっ、小乃屋まで出かけて、鳴家を取り戻してくるから……」

それにと言って、若だんなは皆を見た。七之助が本当に鳴家を見る事が出来るのか、まだ分からないと。

「籠の罠《わな》なら、鳴家が見えなくても捕まえる事は出来るよ。それに、噂《うわさ》になる程鳴家のことを人に聞いてたのが、七之助さんと決まったわけじゃないしねえ」

だから実は、見えていないということもありえる。しかし。

「鳴家が本当に側にいる事を、七之助さんは知ってたんだ。捕まえたんだから」

その話を聞き、うわごとを言ったと思ったのか、佐助が若だんなの額に手を当てた。

「若だんな、それで、何が正しいことなんです？」

「げふっ、そこが問題なんだよ……げほほっ、ぐほっ……苦ひぃっ……」

咳《せき》が止まらなくなった若だんなに、仁吉が強引に薬罐の薬湯を飲ませようとする。

「わあ、勘弁しとくれ」

若だんなが布団の中で悲鳴を上げたその時、兄や二人を残し、突然部屋から妖達が消えた。

「えっ、どうしたの？」

兄や達が身構えた途端、母屋《おもや》の方から足音が近寄ってきた。佐助が障子を開けると、小僧が姿を現す。

そして、七之助の来訪が告げられた。

「長崎屋さんに寄ったら、具合が悪いと聞きましたんで、お見舞いに来ました。いやぁ良かった。寝付いたゆうから、どないに具合が悪いのかと思いましたわ」

長崎屋の離れに上がると、七之助は笑いかけてきた。しかし、たまたま寄ったと言う割には、手にもそもそと動く風呂敷包みを抱えていた。

(鳴家だ……)

若だんなは横になったまま、動く風呂敷包みを見つめる。返して欲しい。だがここで何と切り出したらいいのか、言葉が見つからない。考えてみれば、寛朝《かんちょう》など既に妖のことを心得ている僧以外の人と、妖の事を話すのは初めてであった。

(どう切りだそう。七之助さんは、一体どういうつもりで、鳴家を捕まえたんだろうか)

分からない。若だんなは必死に言葉を探した。兄や達が七之助のことを、剣呑《けんのん》な目でじっと見ている。

(どう話しても、奇妙な事になるよねぇ)

そしてもし、もし七之助が長崎屋と妖の関係を知らなかったら、下手なことを言ったらやぶ蛇になる。しかし目の前で囚《とら》われている鳴家を、放ってはおけない。

(言い方に、気をつけなきゃ)

若だんなは腹をくくると、七之助に風呂敷をくれぬかと持ちかけてみた。

「おや、どうしてです？」

七之助は短く、問い返してくる。

「それは、その」

若だんなが一寸黙り込むと、七之助も一つ咳払いをしただけで、それ以上話をしない。何故《なぜ》だかあちらも、大いに緊張しているように見えた。

（おや、どうしたんだろう）

しばし互いに次の言葉が出ない。するとと七之助が不意に、この場と関係のない話を始めたのだ。

「若だんな、知ってのことかと思いますが、私はつい最近まで、上方に住んでおりました」

本家は近江《おうみ》の唐物屋で、今は七之助の伯父が当主をしている。父辰治郎はその乃勢《のせ》屋《や》で、使用人のように働いていた。七之助達もずっと、祖父の店の名乃勢屋を名乗っていた。江戸の店に付けた小乃屋という名は、母方の店から取ったものだという。

（……？　乃勢屋？）

はて、どこかで聞いた名だと、寸の間思った。だが七之助の話は、さっさと先へ進んでゆく。

「近江におりました時、父は小そうて良いから、己で店をやりたいと言うとりました。だが伯父がいい顔をしない。祖父に分家を願っていた最中に、弟が大八車に引っかけられましてね。頭を打ちました」

何とか目は覚めたものの、弟はぼうっとして言葉も喋《しゃべ》らなくなった。医者に診せるには金がいる。本家に頼った父の辰治郎は弟の為《ため》、本家から出ることが出来なくなったのだ。

「ところが」

七之助は、何故だか益々《ますます》言いにくそうに、話を続ける。

「その……暫《しばら》く前に、突然弟が治りましたんで」

急に、昔と同じように話し始めた時は、両親も七之助も大層喜んだ。

だが治ったかと思った弟は、その後奇妙な話を始め、親たちがまた心配をし始める。その話を繰り返すものだから、まだ本復していないと、近所に妙な噂が流れる程であった。

「ちょうどそんな頃、本家が江戸に、江戸店《えどだな》を出すという話が起こりましてな」

だが、その江戸店を任せる筈であった番頭が、急な病で亡《な》くなった。そこから話が二転三転し、最後に七之助の父辰治郎が、やっと分家させて貰《もら》えることになったのだ。

「伯父は、今まで店を任せてた弟が、側《そば》で同じ商売をするのが嫌だったらしいのです。ですがまあ、江戸までゆくなら構わないということで、話が落ち着きました。江戸店を預るのではなく、ちゃんと分家をするということで」

「そ、そうですか」

そんなことがあったから、小乃屋は兄の使用人である、江戸店の主《あるじ》と言われるのを厭《いと》うているのだそうだ。そして、家族は揃《そろ》って江戸へとやってきたのだが、七之助には弟の容態が気に掛かっていた。

「周りが心配したせいか、弟は妙なことを言わなくなっていましたが」

本当に治ってきたのだろうか。それとも店を出すという親に遠慮して、具合が悪いと言えぬのだろうか。

「それとも……」

「それとも？」

若だんなが七之助を見る。七之助の顔が、赤くなってくる。だが言葉が続かない。若だんなは必死に考えた。七之助は言いにくい事を抱えている。それは多分……妖と関係している。だから、鳴家を捕まえたんだと思う。

七之助は何を言いたいのだろうか？

(ああ、乃勢屋って……どこで聞いたんだっけ?)

七之助の弟が言った妙なこととは、どういう話なのだろう。それと妖の話は、どう繋《つな》がっているのであろうか。何かが喉元までこみ上げている感じがするのに、答えが出てこない。七之助は、また話し始めるかと思ったが、直《す》ぐに止《や》めてしまう。目をぎゅっとつむり、唇を嚙《か》みしめている。

その時。

七之助はふっと下を向くと、黙ったまま鳴家が入った風呂敷包みを、若だんなに差し出した。そしていきなり立ち上がると、礼を一つして、帰ってゆこうとする。若だんなは鳴家を抱え、呆然《ぼうぜん》とその背中を見た。

七之助は、話したいことがあったはずなのに、どうしても言い出せなかったのだ。弟が関わっているせいもあるのだろう。酷《ひど》く話しにくい事なのだ。

「ちょっと待って下さい……」

若だんなが布団から起きあがった。すると佐助が急いで分厚い綿入れを着せ掛けてくる。今は厚着をしている間が無いから、若だんなはその手をすり抜けようとする。

しかし佐助も仁吉も、若だんなを捕まえる事に関しては、手練《てだ》れであった。伸びてきた四本の手をかいくぐろうとして、若だんなは薬がたっぷりと入った薬罐を、蹴飛《けと》ばしてしまった。

「あっ」

しまったと思ったとき、深緑色の汁が廊下を流れていく。それはあっと言う間に、七之助の足袋をとんでもない色に染めてしまった。

「わあっ、冷たい」

情けないような七之助の声が離れに響く。

「青緑の流れだっ。参った、本当にこんな事があるんだ……」

その声を聞いた途端、若だんながさっと、七之助へ顔を向けた。

「本当にって……？」

七之助は以前にどこかで、流れる薬湯でも浴びたことがあるのだろうか。薬に慣れた若だんなだとて、流れを作るほどの煎《せん》じ薬になど、そうはお目にかからない。薬湯はそもそも、安いものではないのだ。そう簡単には……。

若だんなの頭の中で、何かが光った。

「分かったっ！」

大きな声を上げると、七之助や兄《にい》や達が若だんなを見つめる。その視線の中で、若だんなは鳴家の入った風呂敷包みの口をためらわずに解《ほど》いた。

そして中にいた小鬼をぽんと廊下に出すと、呆然とした貌《かお》の七之助に笑いかけた。

6

七之助が長崎屋を訪れてから三日後、長崎屋、西岡屋、小乃屋の三家は、日本橋近くの通町《とおりちょう》から一つ道を横に入った先の、料理屋笹雪《ささゆき》で品比べを行った。

自慢の商品の品比べは、唐物屋や廻船問屋の高直《こうじき》な品物を、一度に見られる滅多にない機会であった。品物を見比べ、感想を好きに言えるという、楽しい場でもある。その上大概、土産や食事が付いているのだ。

そして三つの店にとって今日は、いつもの得意先以外の上客に、店の品物を見て貰う絶好の時であった。またこの品比べのことは、よみうりにも書かれている故《ゆえ》、他の店より勝っていることを、世間に知らしめる日でもあるのだ。

要するに面子《メンツ》と金子《きんす》と思惑がかかった、大きな集まりであった。

笹雪は今日一日、貸し切りとなっており、二階の三つの部屋には、既に各店の品物が持ち込まれ番号を付けられていた。部屋にはそれぞれの店の者達が花を活《い》けたりして、最後の飾り付けをしている。

集まった客には武士も町人も交じっており、四十人近くいた。客は各店が十人ずつ呼んだのだが、家族と共に来ている者もあったのだ。

昼少し前、笹雪一階の部屋に集まった客達に、三つの店の当主と、一緒に来ていた店の者達が頭を下げる。代表して口上を述べたのは、品比べをしたいと言い出した小乃屋であった。

「皆様、今日はようこそおいでになりました。先々、お客様がお気に召す品を揃えてゆけますよう、精進致します為に、このような会を開いてみたのでございます」

小乃屋は客達に紙を配ると、この後二階で品物を見比べて欲しいと言った。素晴らしいと思う品三つを選び、一番良い物に三点、二番が二点、三番に一点、点を入れて頂きたいと頼む。

「点が入った品物の合計点で、品比べの順位を決めたいと思います」

一番高い得点を得た店が、この品比べでの勝者と言うわけだ。

すると、隠居のなりをした男から質問が出る。

「あの、欲しい品があったら、どうしたらいいかの？」

各店が気合いを入れて品物を揃えているのだ。これはという一品が、あるやもしれなかった。

「品比べは、物を買う場ではございません。よってこの場では、お売りしかねます」

ですが、と、小乃屋は続けた。

「展示しておりますのは、唐物屋や廻船問屋の品物でございます。気になる品がありましたら、店の者にお声をおかけ下さいまし。値段をお教えします。お気に召しますれば、後ほど各店よりお届けにあがります」

小乃屋がそう話すと、客達が納得した顔で頷《うなず》いている。ここで笹雪の主から、品比べが終わったら一階で客達に、昼御膳《ひるごぜん》が出る事が告げられた。部屋内は一層、楽しげな様子になった。

「では、品物が展示されております二階へ、お移り下さいまし」

小乃屋の一言で、皆さっと部屋から出て二階へ上がってゆく。品比べが始まったのだ。

階段を上がった先、手前から西岡屋、小乃屋、長崎屋の部屋が並んでいる。だから誰もがまず、西岡屋の品物を目に留める事になっていた。

「あら、綺麗《きれい》」

さっそく客の声が上がっている。西岡屋は、伊万里焼の大花入れや壺《つぼ》、それに華やかな陶磁器を主な品として、部屋一杯に並べていた。張り切った顔付きの手代達が、如才なく茶を振る舞い、客達に声をかけてゆく。

次の間では小乃屋が、着物や帯、それに似合う簪《かんざし》や櫛《くし》など、身につけるものを主に揃えていた。地味な表地に比べ、裏に華やかな模様が付いている品が目に付いた。

「おや、この帯なんか、おっかさんに似合いそうだね」

客の後ろから付いて行った若だんなが、己も展示の品を楽しみつつ、部屋にいた七之助にその値段を尋ねている。

やはり着物の類《たぐい》はおなごに強いようで、家族で来た客は小乃屋の部屋に集まっていた。

一番奥、長崎屋の部屋は、一見いささか地味に見えた。おかみのおたえでもいれば、ぱっと部屋が華やかになったであろうが、顔を出していたのは、跡取り息子と奉公人達だけであったせいかもしれない。よく見れば品物は一番多くあったが、煙草《たばこ》入れや紙入れ、根付けなど小さなものが多い故、目立たないのだ。

この部屋に行き着いた客達は、何故だか小声で、手代の佐助などと話をすることが多かった。誰がどの品物に目を付けたのか、買ったのかは判然としない。

やがて二階では客が次々と、懐《ふところ》から矢立を取り出し、筆を動かし始めた。書き終わった紙を、笹雪の仲居が籐《とう》で編んだ籠《かご》に集める。それから客達は、ご馳走《ちそう》の待つ一階へと案内されていった。

「いやあ、どんな結果が出るかねえ」

これから一階で、品比べの結果発表がある。その話題で盛り上がりつつ、客達は楽しく酒とご馳走を頂くのだ。

じきに三人の当主が、待ちかまえる皆の前に、籠を持って現れた。小乃屋が部屋の端で頭を下げる。これから、いよいよ結果を告げるのだ。

「皆様から票を頂いた品物は、五十点程ありました」

一人三点選ぶ訳だから、これは多いと言うべきか、重なった品が多かったのか。下位四十点の合計点は、ほとんど変わらなかった。よって、上位の十に入った品物の名で、順位が決まる。小乃屋はそれを下位から読み上げていった。

「十位は長崎屋さんの二十番、煙草入れ」

九位は小乃屋の五番、帯。八位はまた長崎屋で、二番の煙管《きせる》。七位は小乃屋で、一番の着物であった。六位も小乃屋、二十一番の着物だ。

ここで小乃屋がちらりと西岡屋を見た。

「五位は西岡屋さんの十六番、花入れです。四位も西岡屋さんで十番、掛け軸。三位、またまた西岡屋さん、八番で、抹茶茶碗《ぢゃわん》」

あと二つ。西岡屋が上位には来ているが、読み上げられた数は、今のところ、どの店も似たようなものであった。後二つ、どの店の名が呼ばれるかで、優劣が決まる。客達が黙り込む。誰も、目の前の料理に手を付けたりしてはいなかった。皆の視線が、紙を手にした小乃屋に集まっている。

そして。

「二位、西岡屋さんの十五番、大鉢」

部屋内に「おお」と、声が上がった。だが小乃屋が口を開くと、直ぐに静まる。

「最後の一つ、この品比べの最高の一品であります。その品は」

小乃屋が一つ、間を置く。西岡屋の目が、ちらりと長崎屋の方を向いたように思われた。長崎屋も小乃屋も、ただじっと客達の方を見ている。

「この品比べの一番は」

声が通った。

「西岡屋さんの一番、伊万里焼の大花入れ」

わっと大きな声が上がった。

「これは、西岡屋の一人勝ちだよ」

客達が一斉に話し始める。三人の当主達に、遠慮のない視線が注がれる。

「あれ、決まっちまったねえ」

部屋の隅で、小乃屋の発表を聞いていた若だんなが、隣にいた七之助に言う。小乃屋と長崎屋は、ここで揃って西岡屋へ祝いを述べている。たかが三つの店だけで行った品比べではあったが、この話はまたよみうりを賑《にぎ》わし、明日にでも江戸中へ広まるに違いない。

西岡屋は大いに面目を施し、得意の表情を浮かべている。涙を浮かべる程喜んでいる。そして。

「小乃屋さん、長崎屋さん。西岡屋はこうして、嬉《うれ》しい結果を得ました。そこで一つ、ご相談なのですが」

今回、客達へ出す宴《うたげ》の費用は三つの店で頭割りだと、そう取り決めてあった。しかし、西岡屋が勝ったのだ。

「ですからそのお祝いとして、宴の掛かりは西岡屋に出させてはいただけませんか」

誠に太っ腹な申し出であった。それだけこの後品比べが、評判になると考えての事であろうと思われる。

しかし。ここで長崎屋と小乃屋は、それでは申し訳がないからと、その話を辞退した。すると良い機嫌で酒を飲んでいた客の武士が、にたりと笑って長崎屋藤兵衛を見る。

「長崎屋、遠慮することはないぞ。西岡屋はこれから一儲《ひともう》け、するつもりであろうからの」

「いえ、それは結構なことなんでございます。ですが……」

つまりその、と、いささか言いにくそうに、藤兵衛が小声で話す。側《そば》で小乃屋も、神妙な顔付きをして頷いていた。

「その、今回の品比べの会で、長崎屋は下位に終わって、面目ないことでありました。しかしですね」

「しかし?」

ここで部屋内の客達の声が低くなる。目が、一斉にその小声の話し合いに集まった。

「下位に終わりはしましたが、長崎屋は大層品物のご用命を頂いたのです。いや、今日一日で、ありがたい額の商売になりましてな」

そうであるのに、かかった費用を西岡屋に、払ってもらう訳にはいかない。藤兵衛はそんな風に言い出したのだ。ここで小乃屋が、この話に加わった。

「小乃屋は新参者故、受けましたご注文は、長崎屋さんの半分にもなりませんでした。それでも当家も、本当に嬉しい程のご注文を頂きましてね」

であるからやはり、宴の費用を西岡屋に払わせる事は出来ない。小乃屋までこう言い出したものだから、西岡屋は少しばかり顔色を変えていた。

「ご両家とも、気が付かぬ間に、良いご商売をしておいでだったようだ。それで……その、どれほどを？」

西岡屋はその商いの額を、心底知りたそうであった。しかし当の客達の前で、藤兵衛達が額を言う訳が無い。

今度は七之助が、にやりと笑って若だんなを見る。長崎屋の手代である兄や達も、笑みを浮かべている。するとここで先程の武士が、酒杯を振って長崎屋に声を掛けた。

「長崎屋、売り上げの額がとんと分からぬでは、皆が酒の肴《さかな》にして楽しむのに困る。だから返事をせい。今日の売り上げを入れるのに、千両箱は必要か？」

一寸、藤兵衛は困ったような表情を客に見せた。だが小さく苦笑を浮かべた後、あっさりと返答をする。

「いえお客様、それ程では……」

「ははは、それで返事にはなるな」

客達はこれを聞き、また一斉に話を始めた。つまり長崎屋は、数百両から八百両の間くらいの商いを、一日でしたと踏んだようであった。

となると、その半分以下の売り上げと言った小乃屋は、二、三百両の商いだったのだろう。今も驚いた顔付きを浮かべている西岡屋は、今日、百両も稼げなかったに違いなかった。これでは誰が本当の勝者か、分かったものではない。この話を知った客達は益々《ますます》盛り上がり、宴は楽しげに続いていった。

7

「皆さん、しばらくは飲み食いされているみたいだな」

その時、若だんなは隣にいた七之助の袂《たもと》を、ちょいと引っ張った後、一人の兄やと店の裏庭に抜け出て行った。

今日笹雪は貸し切りのせいか、人気の無い庭で待っていると、じき七之助がやってくる。そして、その後ろに従っていた姿を見て、若だんなが大きく笑みを浮かべた。

「冬吉《ふゆきち》さん、久しぶりだね」

朝、笹雪に現れた時から姿は見ていたが、話をするのは初めてであった。何しろ人に聞かれては不味《まず》い話も、色々あるのだ。若だんなが手を差し伸べた途端、冬吉は若だんなに飛びついてきた。「冬吉さん？」驚いてその顔を見ると、冬吉はぼたぼたと涙を流している。

「若だんな、生きてたんやな。やっぱり若だんなも、生きてたんやな！」

若だんなは以前死にかけた時、三途《さんず》の川の畔《ほとり》で冬吉と出会っていたのだ。

だがまだ死ぬ運命では無かったらしい。鬼に追いかけられつつも、兄《にい》や達が投入した凄《すご》い味の薬湯にも助けられ、若だんなはこの世に戻ってきた。

冬吉も、薬湯に流され冥界《めいかい》から抜け出た時、側にいた。だから、もしかしてこの世に戻っていたら、いつか会えるかもと若だんなは考えてはいたのだ。

だが冬吉が、どこの国の生まれかも知らなかった。お互い、この世での詳しいことを話してはいなかったのだ。

「若だんな、われは三途の川から戻ってから、その時のことを話したんだ。そうしたらえろう、気味悪がられた」

冬吉は頭がおかしくなったとまで、言われたらしい。

「われは、冥界で出会った若だんなに、会いたかった。会いたかったよう」

若だんなはその泣き顔を見て、今日まで冬吉が冥界での体験をろくに人に言えず、悩みを沢山抱えていたということが嫌というほど分かった。

「私の周りには妖《あやかし》がいて、疑うこともなく冥界の事も聞いてくれた。でも冬吉さんは……。大変だったんだろうな」

若だんなの言葉を聞いた七之助が、頰を掻《か》きながら、空の方を向きつつ言う。確かに、両親も医者も、病で冬吉の頭が混乱しているに違いないと、そう考えていた……今でも考えているると。

「でも兄さんは他の人みたいに、俺の言葉を頭から疑ったりしなかったよ。鳴家《やなり》という妖のことだって、会ったと話したら探してくれた」

七之助だけは、弟を信じようとしたのだ。それで冬吉は助かった。冬吉が語った妖のことを確かめる為《ため》に、あちこち聞いて回ったら、妙な噂《うわさ》になった程だ。

七之助は冬吉から、長崎屋一太郎という名も聞いていた。だから西岡屋から長崎屋の跡取りが一太郎であると聞いたとき、よくある店の名ではあったが、もしやと思ったのだ。

「もし本当に一太郎さんが弟の恩人だったら、恩を返さねばならないだろ」

それで七之助はまだ確信のないままに、長崎屋が仲間はずれにされるのを止めたり、品比べの客の名簿を寄越してくれたりしたのだ。

ある時七之助は、本当に不可思議なものがいるなら見てみたい思いにかられ、風呂《ふろ》敷《しき》のわなを作ってみた。すると、籠うちに奇妙なものを捕まえた。目には見えぬものが、風呂敷の内で動いている。冬吉が、ひょっとしたら、鳴家かもしれぬと言う。それがいれば若だんなと妖の話が出来る気がして、七之助は長崎屋へ行ったのだ。

しかしそれでも冥界のこととか、妖が家内にいるという話は、大いにしにくかったと七之助は白状する。

「医者や父や親戚《しんせき》が、そんな話をする冬吉をどう扱ったか、見てたんで……」

己まで少々いかれていると思われるのが、心配だったのだ。七之助はついに、帰るところであった。

ところが、まさにその時、若だんなの頭に閃《ひらめ》いたことがあったのだ。

「冬吉さんの名が、頭に浮かんだんだよ」

それが分かると全《すべ》てのことに、ちゃんと理由がつく気がした。若だんなが妖の事を口にしたので、七之助も事情を話しやすくなる。こうして、双方が互いの話を確認したのだ。

若だんなは直ぐにも冬吉と会いたかったが、またまた寝込んでいた。よって、それまでには病を治すからと、品比べの会で会うことを決めたのだ。

ここで若だんなを見た冬吉が、にやりと笑う。

「しかし今日の品比べでは、長崎屋さんの部屋が、一番人気が無かったんだよ。なのに長崎屋さんは、うちの倍は売ったんだから」

この言葉を聞いて、笑い出したのは佐助であった。廻船問屋の手代である佐助は、高直《こうじき》な品や贈り物の場合、見て驚き楽しむ品と買う品は違うと、はっきりと言い切った。

「派手で大きな品物は印象に残りますが、いざ買って家に運び込むとなると、色々ございます。まず世間様に、贅沢品《ぜいたくひん》と思われますようで」

だから長崎屋では、西岡屋が並べたような伊万里焼の大花入れなどは、たとえ買う財力があっても、家に置いたりはしない。下手をすれば身分不相応だと、お上から睨《にら》まれる羽目になるからだ。

武家であっても、妙な噂が困るのは同じであった。

この地には、全国から大名が集まってくる。そして頂点に立たれる公方《くぼう》様がおわす。その中で、数多《あまた》の儀礼、付き合いが生まれている。そこが何より、他とは異なる場所なのだ。

若だんなは笑みを浮かべ、七之助に言う。

「お江戸のお武家や、お大尽と言われる町人方は、少々好みが京、大坂とは違うようで」

付き合いのことを、事細かに考えた上で品を勧めねば、品物を売ったお客人が後で困ることになる。客の方でも、そこのところに抜かりのない商人を、いの一番に求めてくる。

「派手な品物だけでは、商いにならないってことだね」

七之助が冬吉の身内だと分かり、若だんなと七之助は、やっと互いに安心して付き合っていくことになった。よってその後若だんなは、小乃屋が品比べに出す品物に、江戸に住む者として助言を行ったのだ。それで小乃屋の品物は、大分変更されていた。それが今日の、二百両以上の売り上げに繋《つな》がった。

「いや助かった。若だんな、これからもよろしゅう頼んます」

こちらは長崎屋の、妖のことを承知しているのだ。だからこの身は特別な友として扱って欲しいと、七之助はしゃあしゃあと若だんなに言ってくる。悪気は余り無いかも知れないが、七之助は確かに少々図々《ずうずう》しかった。

「そうでないと、どうなるか……」

するとその言葉を口にした途端、七之助は「ぎゃっ」と、大きな声をあげ、足を庇《かば》った。それに冬吉が目を見張る。

「もしかして、今ここに鳴家がいるの？」

この世に帰ってきたら、己も鳴家が見えなくなるものなんだと、冬吉は妙な感心をしている。その後も七之助が何回か声を上げ飛び跳ねたので、若だんなが苦笑を浮かべた。

「そういえば鳴家達が、七之助さんは生意気だと言ってたっけ」

どうも相手が七之助の場合、鳴家には噛《か》み癖が出るようであった。

「あれまあ、困ったねぇ」

「ちょいと若だんな、落ち着いてゆっくりと困っていないでおくれな」

分かった、もう妖のことは言わぬと、七之助が半泣きの声を上げる。噛んでは駄目だよと、若だんなが止めにかかったその時、笹雪の縁側から、食事を取らぬかと、声がかかった。若だんながにこりと笑った。

「鳴家、笹雪のお菓子をあげようね。袂にお戻り」

声を掛けるとすぐ、七之助がほっとした顔付きに戻る。

「では、美味《おい》しいご飯をいただきに行こうか。今日は三途の川からの帰り道じゃ無いから、最後の薬の一服は無しで」

若だんなの一言を聞き、冬吉が明るい笑い声を上げる。久々に出来た新たな友と連れだって、若だんな達は家の中へと向かった。

天狗《てんぐ》の使い魔

1

江戸は通町《とおりちょう》にある大店《おおだな》長崎屋の若だんなは、気が付いたら空を飛んでいた。

家の商売は、廻船問屋《かいせんどんや》兼薬種《やくしゅ》問屋であるから、空を飛ぶということに縁は無い筈《はず》であった。しかし、確かに毎日暮らしている江戸の町が、足下に見えている。

薄蒼《うすあお》い月光に柔らかく照らされた家々の屋根が、地の上に波のように続き並びうねっているではないか。堀川が真《ま》っ直《す》ぐ町を切り、まるで樋《とい》のように思える。灯の入った提灯《ちょうちん》だろうか、あちこちに見える明かりはぽわりと丸い、地にある星のようであった。

「あれまあ、どうしたことかしら」

若だんなは首を傾《かし》げ、額に手を当ててみた。少し熱があるようなので、夕餉《ゆうげ》の後、早めに床についた筈であった。

暖かくせねば、何人もの医者達が口を揃《そろ》えて病弱だと保証した体に障《さわ》ると兄《にい》や達が言い、確か佐助《さすけ》が布団《ふとん》を重ねて敷き、もう一人の兄やである仁吉《にきち》には焦《こ》がし湯を飲まされた。その後布団に潜り込み、有明行灯《あんどん》の火を消したことも覚えている。

なのに気が付いたら天空から、雛《ひな》細工のように小さく見える火の見櫓《やぐら》や天水桶《てんすいおけ》を、見下ろしていたのだ。

「私は夢を見ているんだろうか」

一番ありそうな話であった。だがそれにしては、頬をなぶる風が冷たいし、羽織の袂《たもと》は、ぱたぱたと揺れている。不思議なこともあるものだと思った時、一つ思い切り大きなくしゃみをした。

「ふ、ふえぇっ。空は寒いね」

今気が付いたが、若だんなは綿入れも着てはいなかった。寝間着の上に、肩が冷えるからといつも仁吉が着せている、薄い羽織一枚しか着ていないのだ。その格好のまま空を飛んでいるものだから、更にもう一回くしゃみをして震えるのも無理はない。するとその袂の中からも、小さなくしゃみが聞こえてくる。

その時であった、若だんなの頭の上から声が降ってきたのだ。

「おい、具合が悪いのか？」

その言葉に驚き、首を捻《ひね》って上方を見上げる。すると若だんなの直ぐ上に、大きな人影があるのが分かった。

「ひえっ」

びくりとして身をよじった途端、体が空に投げ出される。わあっと声を上げ落ちた。だが直ぐに下から風にあおられる感覚があり、浮き上がる。そこを、がしりと支えられた。

「動くな！　危ないではないか」

目の前の空に、人のような形をした者がいた。確かに空に浮いており、手には大きな葉団扇《はうちわ》を持っている。その葉団扇の周りでは風が舞っていた。

「何と……」

若だんなは目を見開いて、その姿に見入った。男は大層大きく、頭に頭巾《ときん》という多角形のかぶり物を付け、片手に錫杖《しゃくじょう》を持ち、懐《ふところ》に先程の葉団扇を差し入れている。身にまとう法衣は、袈裟《けさ》に篠懸《すずかけ》であろうか。つまり、赤ら顔で長い鼻の持ち主は、山伏《やまぶし》のごとき出で立《いた》ちをしていたのだ。

「もしや御身は天狗《てんぐ》殿……ですか」

若だんなは、どうやら夢を見ているのではなく、この尋常ならざる者に帯をひっ摑《つか》まれ、本当に天高く空を飛んでいるらしいと得心した。天狗は若だんなを持ち直すと、返事もせずに飛ぶ速さを増してゆく。

「これは驚いたねえ」

ここで若だんなは、ちゃんと吃驚《びっくり》した。けれど、それ以上慌《あわ》てふためいたりしなかったのは、今までにも世の常では無いことに遭遇しているからであった。

若だんなは長崎屋の跡取り息子であり、多少……大いに大層、もの凄《すご》く呆《あき》れるほどひ弱だとはいえ、れっきとした人だ。しかし先代の妻である祖母のぎんは、皮衣《かわごろも》という異名を持つ大妖《たいよう》であった。

若だんなの兄や二人とて、長崎屋で手代《てだい》として働いてはいるものの、実は祖母が寄越した白沢《はくたく》、犬神《いぬがみ》という妖《あやかし》なのだ。寝起きする離れには、鳴家《やなり》や屛風《びょうぶ》のぞきという妖が住み着いており、他にも数多《あまた》の人ならざる者達が、平素から周りに顔を見せてくる。今も袖《そで》の中には身の丈数寸の妖、鳴家が何匹か入っているのだ。

「きゅしゅっ、きゅしゅわっ」

「おや可哀想《かわいそう》に、お前達も寒いのかい?」

若だんなは飛びながら袖を抱きかかえるようにした後、もう一度大天狗を見た。

以前一度だけ旅をしたとき、神にお仕え申し上げている、烏《からす》の様な顔をした天狗達と出会ったことがある。しかし今若だんなを摑んでいる赤ら顔の大天狗は、箱根の天狗殿達とはかなり見た目が違った。どう考えても、今までいかなる縁も無かった御仁《ごじん》だと思われた。

「あのぉ、今宵《こよい》はまた、どんな訳で私を空に誘われたのですか？」

この身とは、初対面ですよねえと話しかけてみる。だが大天狗は黙ったままであった。じきに川を越えたと思ったら、道の脇《わき》にびっしりと並んでいた屋根が途切れ、眼下に木や庭が増えてくる。

「あれは……お武家様のお屋敷だろうか」

下に、ぐるりと塀に囲まれた広い屋敷が多くなっていた。そして目の端に水面の煌《きら》めきが僅《わず》かに映ったと思ったら、突然大きな空き地に出る。若だんな達は広大な敷地に点在する、大きな建物の上を飛んでいた。

「ああ、立派なお寺だ。どこかしら」

伽藍《がらん》を上から眺めるという、生まれて初めての光景に、思わず目を見開いて見入る。するとで天狗は恐ろしく広い屋根の一つに、ふわりと降り立った。そして若だんなをそっと下ろすと、月光を受け青みがかった夜空の下で仁王立ちとなり、名乗ったのだ。

「確かに御身とは、今宵初に会う。我は信濃《しなの》山六鬼坊《さんろっきぼう》という者だ」

天狗は若だんなを見下ろしつつそう言うと、まず持っていた綿入れを差し出した。見慣れた柄であったから、若だんなを連れ出したとき、天狗はこれも一緒に長崎屋の離れから持ち出して来たのだろう。若だんながありがたく暖かい着物を着込んでほっと息をつくと、天狗は大伽藍の屋根で己の思うところを話し始めた。

こんな場所で話とは奇妙だと思ったものの、とにかく目もくらむ高さの屋根の上であったから、逃げ出す訳にもいかない。

若だんなは鳴家達の入った袖を膝《ひざ》に抱え直してから、大人しく天狗の話を聞くことになった。

2

我は信濃の深山にて、山神様にお仕え申し上げる身である。山深き地のことであれば、人の姿など滅多に見るものではない。それ程に我が住まう地の山は高く緑は濃く沢は深い。生ける者を阻《はば》むがごとくの地であるのだ。

しかしそういう土地でも、たまさか修行のために入ってくる者の姿を見ることがあった。山伏達だ。

彼らは大概信仰心深き者である。断食《だんじき》をし、滝に打たれ、座禅をし……ああ、これはいかん、人に教えをたれることが得手ゆえ、うっかりすると御身に肝心の話をする前に、朝が来てしまうほど話しかねんな。自重せねば。

とにかく修験者《しゅげんじゃ》達の内の一人に、心がけ立派な上に修行に修行を重ねた故《ゆえ》、なかなかの法力を得た山伏がいた。八坂坊《やさかぼう》と言ってな。その者は荒行を続け、ついにその地の守り神でおわす御山様から、官位と管狐《くだぎつね》を授かったのだ。

管狐とは何かと聞くのか？　そうか、御身は大妖の血を引くというのに、知らぬのか。おや、御身のことを良く知っているなと驚いている。いやいや皮衣殿の名を知る者は多いのだ。心得ておかれよ。

ともあれ、今は管狐の話だな。あれは竹筒に入る程の大きさの、狐に似た妖でな、俗世では、飼うと金持ちになると言われている生きものだ。また一旦《いったん》は裕福となっても、その内増えた管狐に身代を食いつぶされるとも言うな。人の心を読めると噂《うわさ》され、他人に病をもたらすとも言われている。

何にしろ妖であり、簡単に並の者が手を出してはいけないものなのだ。だが優れた山伏であれば、得た法力により自在に管狐を使いこなし、それにより摩訶《まか》不思議を行うことが出来るものである。

そして八坂坊ときたら、妖も怪異も荒行も、果ては天狗さえ恐れない者であった。我と八坂坊は山で相まみえ、その後修行の地で何度も会う内に、親交を結んだのだ。

八坂坊は空すら飛べぬのに、日々天狗が住まう程険しい山を駆けていた。苦労も多かったろうがそれを修行と言い、辛《つら》い顔など見せぬ奴《やつ》であった。

こちらが、八坂坊が人であることを気にしないで居たら、あやつも天狗だからと、特別な目で見ることが無い。我らはそう、良く話したな。富士の御山の頂にさす御来光のことから、町にいる女達のことまで。人の知り合いなどおらなんだ故、あやつの話は面白かったわ。

それに酒もたんと飲んだ。二人で話しながら杯を重ねていると、樽《たる》が空になるのが早かったこと、早かったこと。

それから八坂坊は、大事にしていた管狐も見せ、触らせてくれた。あれはきちんと主《あるじ》の言葉を聞く利口者でな。毛並みが深い黄みがかった唐茶色《からちゃいろ》をしていたので、八坂坊は黄唐《きがら》と呼んでいた。管狐は二匹で飼う者も多かったが、黄唐は一匹で管の中にいた。とにかく何故《なぜ》だか黄唐は我にもよく懐《なつ》き、一緒に酒を飲むようになっていた。

ところがそうした修行と酒の日々は、存外短い間で終わった。何しろ人というのは、あっと言う間にその一生を終えてしまうものであった。

他の天狗達が、あまり人と交わらぬ訳が分かった。八坂坊ときたら、黄唐を使いに寄越し、もう駄目らしいと伝えてきたと思ったら、十日も経《た》たぬ内に息を引き取ったのだ。

もう歳《とし》であった。病にも罹《かか》っていた。人としては短命ではなかったそうな。ともかく八坂坊は山から、我の前から、居なくなってしまった。

そうなると、どうにも酒が美味《うま》くなくてなぁ。また別の山伏と飲めば良いようなものだが、あ奴のように人としてもなかなかで、かつ面白い奴は見かけぬのだ。それに知りおうても、人であればまた早死にしてしまうからな。繰り返すのには、たまらぬものがある。

そのとき、だ。良いことが頭に浮かんだ。八坂坊の管狐、あの黄唐の世話を我がしようと思いついたのだ。

黄唐は妖の身であるから、あっさりと死にはしないし、気脈を通じてもいる。その上、黄唐は酒が好きであったのだよ。楽しく酒盛りが出来そうではないか。

これは良いと、さっそく修行に来た山伏達に、管狐黄唐の行方を聞いた。しかし意外なことに、誰も黄唐の行方を知らなんだのだ。管狐は、その主の山伏が亡《な》くなったからといって、周りの者が代わりに貰《もら》うようなものでは無いらしかった。

それでも黄唐に会いたくて、その行方を追った。天狗仲間に聞いて回った所、信州の太郎坊様がご存じだという。両の肩に家の戸程もある酒の大樽二つを担《かつ》ぎ、夜を飛んでいって太郎坊様に教えを請《こ》うた。我がいる山には名水が湧《わ》く。その水で作られる酒は実に美味いのだ。

酒樽の大きさをご覧になり、我の気持ちを察して下さったようで、太郎坊様は主を亡くした管狐がどうなるのかを教えて下さった。そういう管狐は、もう次の主に従う必要は無いと、決まっているのだという。よって、その後は王子《おうじ》の狐達の所へ行くものらしい。

王子とは、お江戸の城の北方にある、あの王子稲荷《いなり》神社の事だわ。毎年大晦日《おおみそか》の夜、武蔵《むさし》の国やその近辺から狐達が集まり、榎《えのき》の下で装束を改め参拝するという言い伝えがある、あそこだ。

王子の原で狐が灯《とも》す狐火の連なること、まるで松明《たいまつ》を並べたような明るさだと言われている。その火のありようを見て、地元の者達は明年の豊凶を占うのだそうな。まさに狐達にとって、よりどころとも言える地だ。管狐もそこに帰るのだそうな。

そうと聞いて、さっそく王子へと向かった。王子稲荷神社は、桜の花が見事な飛鳥《あすか》山《やま》の近くだと聞いていたので、直《す》ぐに場所は分かったぞ。確かに狐が多く集っており、里近いのに、よくぞ村人達が気にしないものだと思ったわ。

ところが、だ。王子稲荷神社にお仕えする狐に、きちんと挨拶《あいさつ》をした上で、黄唐を渡して欲しいと申し込んだにもかかわらず、拒まれたのだ。

一度主持ちでなくなった管狐は、もう主には仕えぬものだと、決まり切った返答があった。黄唐とは気が合った、従者にしてもこき使うようなことはせぬと誠意を込めて話しても、狐共は頑として首を縦には振らぬ。

ではとにかく、黄唐に会わせてくれと言ったら、これも駄目であった。天狗に頼まれれば管狐にはその気が無くとも、諾と言わねばならぬようになるからと、突っぱねられてしまったのだ。

腹を立てたよ。そうであろう？　山神様に仕える天狗が、わざわざ王子まで来て、きちんと礼をつくし話をしたのだ。駄目だというばかりでは、酷《ひど》いではないか。よって我は意地になった。どうでも黄唐を手に入れてみせると、己に誓った。しかしこれ以上狐達に頼んでも、埒《らち》があかぬと思えた。それで今度は酒樽三つと共に、太郎坊殿に相談を持ちかけたのだ。

すると、坊は空の酒樽を返すのと一緒に、良き案を示して下さった。箱根の天狗達が、お仕えしている山神様を通し、三千年を経たる大妖皮衣殿と顔見知りだという。狐共を従える大妖の口添えがあれば、事が進むやもしれぬと言われ、我はその皮衣殿がお仕えしているという荼枳尼天《だきにてん》様の庭へ伺った。そうして皮衣殿に、黄唐を引き渡してくれるよう願った。

ところが、だ！

信じられるか？　またしても駄目だと言われたのだ。管狐は皮衣殿の配下ではない。故に、命令など出来ぬと。

何なのだ。それは本当の事なのか。

狐達を疑った。皮衣殿を疑った。要するに大妖は面倒くさいから、天狗の頼みになど関わりたくないのではないか。それで狐は揃《そろ》いも揃って、我を管狐と会わせぬようにしているのではないか。

今度こそ我は思いっきり腹を立てた。だから、だ。

だから御身、長崎屋の若だんなに、ちょいと付き合って貰うことにしたのだ。箱根の天狗達から聞いたぞえ、若だんなはあの皮衣殿の孫に当たるという事ではないか。

王子の狐達には既に、皮衣殿の孫と引き替えに、黄唐を渡せと伝えてある。さてさて、どうするであろうな、あの狐共は。

3

六鬼坊が語り終わった時、月に照らされた大伽藍の屋根の上で、若だんなは目を丸くしていた。

「六鬼坊殿、おばあさまを脅したんですか。それは何とも、もの凄く度胸の良いことをなさいました」

兄《にい》やの一人である仁吉が、黒目を針のように細くして怒る様子が目に浮かぶと言って、若だんなはぶるりと身を震わせる。仁吉は千年ほど前から、祖母のことをとても綺麗《きれい》だと思っているのだ。何しろ千年分の思いであるから、限りなく深そうに思える。その祖母を脅したなどという話が伝わったら、仁吉が何をするか分かったものではない。

ところが六鬼坊は平気な顔であった。

「御身の兄やならば、御身を攫《さら》われた故、確かに怒りはしようがな。だからといって、この天狗がそれを恐れる筈《はず》が無かろう」

天狗《てんぐ》は力にも術にも優れ、人などがどうこう出来る者ではないのだ。だが若だんなは、腕組みをして首を振った。

「六鬼坊殿、仁吉は祖母が寄越した者なので、妖《あやかし》です。白沢《はくたく》なのです」

「……ほう、それは確か万物を知る者だな」

六鬼坊も山神に仕える者であれば、そういう話は心得ているようであった。

「それだけではございません。仁吉は、もの凄《すご》く苦い薬湯を作れるんですよ。今夜、私がこうして外出をした事を知ったら、盥《たらい》一杯の薬をこしらえるに違い有りません」

四の五の言おうものなら、相手が天狗である六鬼坊であっても、強引に薬湯を飲まされる羽目になるかもしれない。

「薬湯は三途《さんず》の川の流れにも似て、底なし沼のような色です。味の方は冥界《めいかい》の赤鬼、青鬼をも黙らせる強烈な代物《しろもの》で」

あれを飲むことは、実に恐ろしい体験であると、若だんなが保証する。まあ六鬼坊は天狗であるから、修行の一つと考えれば良いのかも知れないがと、ちょいと付け足しもした。

するとまさかそんなもので責められるとは思ってもいなかった様子の六鬼坊が、顔色を変えた。

「これは……なかなか手強《てごわ》そうな兄や殿だな」

「六鬼坊殿が力比べを所望とあれば、もう一人の兄やである佐助が怪力です。こちらは犬神《いぬがみ》という妖でして」

いくら腹を立てても、佐助が体が弱い若だんなを拳固《げんこ》で殴るような事はない。しかし佐助の機嫌が悪いと、長崎屋の離れに巣くう妖達が、その怒気に当てられ震え上がることになる。離れの寝間に姿を現さなくなるので、若だんなは寂しくなるのだ。

「だから、出来たら佐助を怒らせないで頂きたいのですが」

そう言った時一陣の風が吹いて、話をしていた若だんなが、屋根の上で身を縮める。袖《そで》の内にいた鳴家《やなり》達も、揃って「ぷきゅっ」とくしゃみをした。見れば三匹で身を寄せ合い寒そうにしているので、若だんなは袖内に入れてあった巾着《きんちゃく》を開け、中から花《か》林糖《りんとう》をとりだした。

「食べたら暖かくなるかな。囓《かじ》るかい？」

すると返事をするより早く、鳴家達が大きな花林糖に飛びつく。嬉《うれ》しそうにがりがり囓る様子を見て、六鬼坊が目を細めた。

「なかなかに面白げな者を連れておるの。顔は少々怖いが」

「鳴家と言います。家を軋《きし》ませる妖でして」

さすがに六鬼坊は天狗故《ゆえ》、人には見えない鳴家を目に出来るようであった。一ついかがですかと、若だんなが六鬼坊にも花林糖を差し出すと、素直に一口齧って、酒のつまみにしては甘いと言い首を傾《かし》げている。

するとその時、己の分をあっさり食べてしまった鳴家がひょいと顔を上げ、六鬼坊がつまんでいた花林糖にかぶりついた。あっと言う間に、指に隠れた所を残し食べてしまう。六鬼坊が眉根《まゆね》を寄せると、「ぎゅわっ」と短い声を上げ、若だんなの袖の内へ逃げ込んできた。

「若だんな、飼い主ならば小鬼達を、きちんとしつけねばならんぞ！」

六鬼坊が花林糖の残りを口に放り込みつつ、文句を言う。若だんなは慌《あわ》ててもう一つ花林糖を差し出し、笑って首を振った。

「鳴家達は、私が飼っている訳ではありません。友達でして」

「友達？　この……小さい者らがか？」

六鬼坊が首を傾げた途端、若だんなの袖の中から、「きゅんいー」という情けのない声が聞こえてきた。今度は何が起こったかと見れば、鳴家達は袖に戻した巾着の紐《ひも》に絡《から》んで、動けなくなっていた。

もっと花林糖が食べたくて、袖の中で勝手に巾着を開けようとしたあげく、総身を紐に絡めてしまったらしい。結局若だんなが一匹ずつ、紐を解いてやることになってしまった。

「こんな者が、友達のう」

六鬼坊は眉間《みけん》に皺《しわ》を寄せ首を振っている。それから屋根の上で一つ伸びをし、若だんなを見下ろしてきた。

「さて、御身に来て貰った事情は話した。こんな訳故、事が終わるまで大人しく人質になっておれ。よいな」

若だんなにそう言い渡すと、六鬼坊はもう一度帯を摑《つか》み空に飛び立とうとする。しかし若だんなは、ここできっぱりと首を振った。

「あのぉ、余りあっさり人質になってしまったら、おばあさまに悪いです。それに出来たら、仁吉が騒いで飛びきり苦い薬湯を用意する前に、長崎屋へ帰りたいと思います」

ただ大人しく付いていくことは出来ないと、若だんなは六鬼坊にはっきりと言った。己が騒ぎの元になるのは嫌であった。こんな話を進めてしまうのは、六鬼坊にとっても危うい事である気がする。だがそうと聞いた六鬼坊の顔がすっと堅くなったので、若だんなは大天狗に慌てて笑みを向けると、ある提案をした。

「それでですね、六鬼坊殿、良かったら私と勝負をしませんか？」

「しょ、勝負？　いかにも弱そうな御身と、天狗の我とがか？」

笑うような返答があった。若だんなは精一杯きりりとした顔をして、得意なことはそれぞれ違う筈だと抗議をする。

「お互い一つずつ問題を出し、どちらが勝つかで決めましょう。一勝一敗、引き分けになったら、三つ目の問題をやるということで」

「それより、さっさと御身の帯を摑んで飛び立った方が、簡単だと思うがの」

六鬼坊が面倒くさそうな顔をしたので、若だんなは慌てて、もしこの勝負しないと言うのであれば、空の上で帯を解いてでも逃げると言って、六鬼坊を正面から見る。

「若だんな、そんなことをしたら、今度こそ地面に落ちてしまうぞ。死ぬやもしれぬぞ」

「それでも、やると言ったらやりますからね」

「ううむ……人とは面倒な生き物だな」

一つ溜息《ためいき》をついた後、さて問題は何かと六鬼坊は問う。若だんなはにこりと笑うと、正々堂々と勝負してもし負けたら、六鬼坊が管狐《くだぎつね》と会えるよう、祖母に頼んでみると約束をした。

「本当か？」

「嬉しそうな顔をする前に、勝負に勝たねばなりませんよ。その代わり私が勝ったら、空をひとっ飛び、長崎屋へ帰して下さいね」

「承知した。人ながら、なかなかにきちんとした者である。さすがは皮衣《かわごろも》殿の孫君だの」

　浮かれる六鬼坊を横目で見つつ、若だんなは最初の問題を何にするべきか考え込んだ。

（力比べや駆け比べじゃ、太刀打ち出来ないよねえ。うーん、算術とか碁の勝負じゃどうかしら）

　しかし頭を使おうにも、今はぞくぞくと寒い上に気力が湧《わ》かない。若だんなは首を傾げると、疲れた上に空腹であることに気が付いた。相手は天狗なのだから、どんな問題を出したところでこちらが不利なことは違いなかろうが、これでは益々《ますます》分が悪い。

（ならばまず、この状況を何とかするかな）

　一問目。若だんなは体の力を回復出来る勝負はないものか思案を巡らせ、しばし後、大天狗に目を向けた。

「その、私はお腹《なか》が空《す》いてきました。だから、どちらが先に夜食を手に入れられるか、それを競争致しましょう」

ただし若だんなは、生の芋など調理をしていないものは食べられない。お酒や菓子だけ食べたと分かったら、後で兄や達に叱《しか》られる。ちゃんとした食事になるものという条件が付いた。それと、もう一つ。

「まだあるのか？　何だ」

「この屋根から降ろして頂けませんか。私は、一人では降りられないんです」

天狗が若だんなを抱え、ふわりと空に舞い上がる。若だんなは月光の下、雲衝《くもつ》くばかりの大天狗と勝負を始めたのであった。

4

夜の寺の中では、食事の調達など出来はしない。そこで六鬼坊はひとっ飛びし、明かりが見えたとおぼしき辺りの、開けた場にやってきた。

地に降り立つ前、若だんなの目の端には、月光の煌《きら》めきが映る。

「あれは川かな？」

独り言のつもりであったのに、「不忍池《しのばずのいけ》だ」との返事が、頭上から降ってくる。ああ、上野ですねと言っている内に、二人はふわりと池之端《いけのはた》の地に降り立った。

夜の中、池沿いに瀟洒《しょうしゃ》な建物が並んでいるのが目に入るが、それらの建物は今は暗い。しかし右手の少し開けた場所の先に、提灯《ちょうちん》の明かりが見えていた。

「あれ、夜鷹蕎麦《よたかそば》の店でも出ているのかな」

他には月しか明かりの無い中、提灯は大層明るく感じられた。屋台や薦《こも》を巻いた樽《たる》が浮かび上がり、僅《わず》かに湯気が上がるのさえ見える気がする。

「これは早々に、温かいものが食べられますね」

寒くて綿入れの前をかき合わせている若だんなが、嬉しげな声を出す。だが直《す》ぐに眉尻《まゆじり》を下げた。

「あれいけない。寝ていたんだもの、今私は金子《きんす》を持ってはいなかったっけ」

これでは蕎麦は頼めない。勝負にも勝てない。さてどうしようと若だんなが考え込んだ時、横に立った天狗が、懐《ふところ》から葉団扇《はうちわ》を取りだしてきた。

「直ぐ、あの明かりの横に立つ親爺《おやじ》を、吹き飛ばしてやろうぞ。さすれば店にある食い物は、食べ放題だわ。勝負は我の勝ちだな」

そう言うなり、大きな団扇で一扇《ひとあお》ぎしようとしたのだ。若だんなは目を見開くと、その腕にすがって必死に止めた。

「止《や》めて下さい。飛ばされたら、人は怪我《けが》をするかもしれません」

おまけに親爺がいなくなったら、誰が蕎麦を作るのかと問うと、六鬼坊が黙り込む。大体そんな悪行などしたら、天狗殿は後で山神様に叱られるに違いない。若だんなが
そう口にすると、六鬼坊が口元を尖《とが》らせた。

「ではどうすると言うのだ。御身は金子を持ち合わせない。我も人の使う金など、手にしたことなど無いぞ」

これでは勝負がつかない。そういう話になったとき、若だんなが小さく「あっ」と、声を上げた。いつの間にやら鳴家達が袖の内から抜け出し、提灯の方へと駆けて行っていたのだ。お腹が空いたに違いない。

「これ、いけないよ。食べ物を買うお金は無いんだ。お戻りな」

若だんなが慌てて小鬼達を拾いにゆく。鳴家は人の目に見えない妖であった。故に、長崎屋の離れへ訪れた客の菓子を、横から食べてしまうことがあるのだ。

その客が気の良い岡っ引きの、日限《ひぎり》の親分などであれば大した騒ぎにはならずに済む。しかし他に人の居ないこんな夜、いきなり屋台から食べ物が消えたら、大騒ぎになるかもしれなかった。

「鳴家、金子が無いと、お蕎麦は食べられないんだよ」

若だんなの小声が届いたのであろうか、一旦《いったん》立ち止まった鳴家達が、急に屋台に程近い草むらへ飛び込んだ。はて、何をする気なのかと若だんなが首を傾げたその時、一匹の鳴家が、嬉しげに小さな手を上げる。

「見つけた。一文っ」

見ると、一文銭を握っているではないか。

「ああ、ここはいつも屋台見世が出ている所なんだろうな。あれはきっと、お客の誰かが落とした銭だね」

夜鷹蕎麦は暗い中で食べるものだ。提灯の明かり一つが頼りの夜、支払いの時に銭を落としてしまったら、拾うのは大変なのに違いない。中には如何《いか》ほど落としたか分からなくなった者や、早々に諦《あきら》めた客もいたのだろう。鳴家達はその金を拾っているのだ。

「こっち、一枚」

「また、一枚」

結構あるものだとは思うものの、三文では鳴家に食べさせる一杯すら買うことは出来ない。だがその内、もっと草の深い所へ潜り込んだ一匹の鳴家が、きらりと光る小さな長方形をつまみ上げた。

ぎる額であった。

「あれま、それは……一朱銀じゃないか」

一朱は一両の十六分の一、つまり二百五十文にはなる。蕎麦を食べるには、十分す
ぎる額であった。

草の中に落ちていたのだ。誰が落としたのか、もう確かな持ち主は分かるまい。若
だんなは嬉《うれ》しげな顔をしている鳴家を抱き上げると、後ろから来た六鬼坊と顔を見合
わせ、にこりと笑った。

「このまま貰《もら》うのでは、ねこばばをするようで悪いです。明日になったらお寺か神社
へ、一朱お賽銭《さいせん》を入れておきます」

だから今はこの金を使い、皆で温かいものを食べようと言う。だが六鬼坊は渋い顔
をした。

「若だんな、これでは御身が勝ちになってしまうではないか。しかし、金子は御身が
拾ったのではないぞ！　卑怯《ひきょう》なり」

「六鬼坊殿、あの提灯に書かれた字をご覧下さい。あの蕎麦屋には酒もあるようでご
ざいますよ」

「何、酒とな。そうか……酒か」

六鬼坊は、そうと聞いたからにはよく考えてみねばならぬだろうと言い出した。味わった事の無い酒が目の前にあることが、不満を宥《なだ》めたらしい。六鬼坊はじきに、こう結論を出した。

「仕方ない、天狗《てんぐ》であるからには酒の味見をせねばならぬ」

ここで六鬼坊は若だんなに、渋々一回目の勝負の負けを認めた。若だんなはにこりと嬉しげに笑うと、一朱銀を手に皆で夜鷹蕎麦に顔を出す。

暗かったのが幸いしたか、お面でも被《かぶ》っているかと思ったのか、店の親爺は六鬼坊の顔を見ても驚きはしなかった。二杯ずつ蕎麦を頼み、その内一杯は、屋台見世から離れた陰で鳴家達に食べさせる。一朱を払い、残りの分で酒を出してくれと頼むと、親爺が味噌《みそ》を焼いたつまみがあると言ったので、六鬼坊はご機嫌になった。焼き味噌は、亡《な》くなった山伏の八坂坊が好きな一品であったと口にする。

「あいつが生きていたときは、朴木《ほおのき》の葉に塗りつけた味噌を焼き、それをつまみに、良く飲み良く喋《しゃべ》ったわ。面白い日々だった」

八坂坊がいなくなったら、六鬼坊は十日も、一月も、一年も、誰とも話をしない毎日を過ごすようになった。山神様は、滅多に声すら聞かせては下さらない。

勿論《もちろん》、深山での修行というのは、そういうものだと、六鬼坊は温かい蕎麦をすすりつつ言った。気軽に他の者との対話が出来ないということも、己を鍛え上げる為《ため》の一つの手段となるはずだ。分かってはいるのだ。

「我は大天狗である。その名にふさわしき者でなければならん。生まれてきた者全《すべ》てに弱音を吐くなとは言わぬが、大天狗くらいは、恐ろしいと言われる程に、強い者であっても良かろうからな」

皆が我こそは弱い、庇《かば》ってくれと言い立て、弱さの競い合いをするばかりでは、支える側がいなくなって困る。誰かが支える側に立たねばと、六鬼坊はそう思うのだ。だからこそ長き長き日々修行を続けており、そのことに迷いは無かった。

「凄《すご》い。天狗殿はお強い方なんですね」

「ふん、なのに、だ」

最近一人でいると、そのことがどうにも身に染《し》みるのだ。六鬼坊がぼそりと言う。

「だから黄唐が、いてくれればいいと思うのだがの」

大天狗と共にいても、怖がらずにいる生き物はあまりいないのだ。その上、深山で生きてゆけるものときたら、もっと少ない。狐《きつね》共はそこのところを分かってくれぬと、六鬼坊は若だんなに愚痴る。

「そういうことなんですか」

その時、若だんなは不意に口をつぐむと、首を傾《かし》げ袖の中を覗《のぞ》き込んだ。それから急に立ち上がり、急いで屋台から離れてゆく。

「若だんな？」

屋台店からかなり離れた暗い辺りに行くと、若だんなは小枝を拾い、必死に振り回し始めた。その様子を見た六鬼坊が首を捻《ひね》る。

「どうした、そんなところで何をしているのだ？」

「大きな犬が出たんです」

その犬は、鳴家《やなり》達が蕎麦を食べているところに現れ、突然一匹を踏んづけたらしい。「きゅげーっ」と鳴家が悲鳴を上げる中、残りの二匹が半泣きで震えつつ、若だんなの袖内に転がり込んできたのだ。

妖《あやかし》は食べるに向かないのか、餌《えさ》の代わりにする気は無いようなのだが、犬は鳴家を離さない。大変大きく灰色で毛が巻いており、何やらどこかで見たような姿であった。若だんなでは押さえ込み、鳴家を取り戻すことなどとても出来そうもない。

すると近づいてきた六鬼坊が、その犬を見て片眉《かたまゆ》を上げた。

「おや、出歩いているとは珍しい。あれは狛犬《こまいぬ》ではないか。どこの社の者であろうな」

「……狛犬、ですか」

狛犬とは、神社の本殿の正面に、獅子《しし》・狛犬として左右一対で置かれている、あの神使の内の一体だ。獅子は口を開けており、狛犬は口を閉じ、角を生やしているとされていた。そういえば犬と思った目の前の姿は、長崎屋の離れに顔を見せる妖、お獅子に似ている。だがこちらは何倍も大きく、額に角を生やしていた。

「何で狛犬が、鳴家を踏んづけているんでしょう」

若だんなは呆然《ぼうぜん》としつつも、狛犬ならば言葉が分かるやもしれぬと思い、小鬼を返してくれるよう頼んでみた。狛犬が、若だんなを見つめている。

だが急に夜の空へと顔を向けると、狛犬は鳴家を返してくれるどころか、一層しっかりと押さえつけてしまった。

「な、なんで？」

若だんなが呆然としたその時、狛犬が顔を向けた夜空から、微《かす》かに、けーんという鳴き声が耳に入ってくる。

けーん、けーん、けーんっ……。声は重なり、僅かに大きくなってきている気がした。

「おや、これって狐の鳴き声ですかね」

王子だけでなく、上野の寺や広大な武家屋敷内にも狐達は住んでいるのかと、のんびり考える。だがその後若だんなはちょいと瞬《まばた》きをすると、ぽんと一つ手を打った。

「いけない、そういえば私は、六鬼坊殿に攫《さら》われている最中だったよ」

六鬼坊は王子の狐達に、黄唐と若だんなを引き替えにすると、既に伝えてあるのだ。王子の狐達とて、若だんなの祖母である皮衣《かわごろも》の手前もあろうから、ただ大人しく六鬼坊の到着を待ってる筈《はず》もない。あれは、若だんなを取り戻そうと、居場所を探している狐達の声かもしれなかった。

「いや、それ以外にも考えられる事があるか」

例えば長崎屋から来た、母おたえの守狐《もりぎつね》ということもあり得るではないか。離れから若だんなが姿を消したのだから。

あの兄《にい》や達が朝まで気が付かずに、暢気《のんき》にしている訳がなかった。若だんながこんな寒い夜、いなくなったと知っただけで、長崎屋の離れは直ぐに上を下への大騒ぎとなるはずだ。妖達の内には、夜姿を現す者も多い。もしかしたら若だんなを連れ出した六鬼坊が、その時姿を長崎屋の誰かに、見られたということも考えられた。

「兄や達、きっと凄く心配しているよね」

無事に帰ったら、ぼーっとしたまま攫われては駄目だと叱られるかもしれない。だが今二人は、とにかくひたすらに若だんなのことを心配し、心を痛めていると思う。

「ひょっとしたら仁吉が、おっかさんを守る狐達にも、私を探すようにと頼んだのかもしれない」

あの声の主は本当に追っ手かもしれない。もし今出会ってしまったら、この場で一騒動起きそうであった。

(そうなったら拙《まず》いな。穏便に事を済ませられなくなる)

若だんなは不安な心持ちで耳をすます。六鬼坊は聞こえてくる声が気にならぬのか、若だんなの少し後ろで不敵な笑みを浮かべていた。

その時、狛犬が若だんなの方へもう一度目を向けてきた。そして鳴家を押さえつけたまま、思わぬことを言い出したのだ。

「ああ声がする。狐達が居なくなった長崎屋の若だんなを捜しているのかの。やはり若だんなは狐にとって、大事な者なのに違いない」

よしよしと言い、巻き毛を振って頷《うなず》いているではないか。すると六鬼坊がさっと顔を引き締め、声を低くした。

「おや、そこな狛犬は、この若だんなのことを見知っているのか」

「若だんな、御身はこれより私が拝借する」

「へっ？」

「つまり、この小鬼を返して欲しくば、黙って我について来いということだ」

「は？　この狛犬、何をぬかしておるか」

六鬼坊が片眉をぐっと上に上げている。

(なんと、私を攫いにきた者が、もう一人……というか一匹いたとは)

妖の世も人の暮らしと同様に、込み入った事情に満ちているのであろうか。そしてこの狛犬も若だんなを使い、何かを己の有利に運びたいわけだ。

(私だけでなく鳴家まで攫われてしまったよ)

若だんなは眉を顰《ひそ》め呆然としつつ、狛犬と六鬼坊を交互に見ていた。

5

「お願いです、鳴家を助けるのに手を貸して下さいまし」

とにかく鳴家を取り戻すのが何より先と、若だんなは六鬼坊に助力を求める。天狗であれば、目の前の大きな狛犬の相手になれると考えたからだ。だが天狗は、あっさりとその力を示してはくれなかった。

「おいおい、我と若だんなは今勝負の最中なのだぞ。たとえ御身の大事な友である妖の危機とはいえ、競っている相手に助力を乞《こ》うのは、いかがなものであろうな」

「次の勝負は六鬼坊殿が問題を出す順番です。では、こうしませんか？　あの鳴家を狛犬から助けた方が勝ち、ということに」

「我が鳴家を助ければ、一勝一敗か。承知」

六鬼坊はにたりと笑うと、この勝負は貰ったとばかりに、狛犬の方へと歩を進めてゆく。突然目の前から若だんなを攫ってゆこうという狛犬には、洟《はな》も引っかけていない様子だ。

「これ狛犬、馬鹿《ばか》なことを言ってないで、その小鬼をこちらに寄越しなさい」

だが狛犬は、たとえ相手が天狗であろうと、ここで大人しく意のままになる気は無さそうであった。鳴家をくわえると、さっと夜の中へ走り出したのだ。

「あ、こら。無駄だというに、素直に返さぬか」

六鬼坊が慌《あわ》てて飛び上がり追う。狛犬の前に降りたって、行く手を塞《ふさ》ぐつもりのようだ。こうなると飛べる者は強い。必死に逃げる者と追う者、共に凄い勢いで遠ざかってゆくものだから、気が付けば若だんなはあっさり、暗い池の縁に置いていかれてしまっていた。

「あれれ？」

大きく息を吸い、月を見てからちょいと首を傾げる。

「私は、人質じゃあなかったっけ？」

それがまた、見事に放って置かれたものであった。攫われた者が、こういう扱いをされて、いいものであろうか。どうも違うような気もするではないか。

「いいんですか六鬼坊殿、逃げちゃいますよぅ。私が長崎屋へ、さっさと帰ったらどうしますか」

試しに言ってみたが、返事がない。しかしここで袖《そで》の中の鳴家達が、ぎゅいぎゅいと心配げに鳴いた。若だんなは苦笑を浮かべる。

「大丈夫だよ、狛犬に攫われたあの子を、放って帰ったりはしないから」

袖の中の小鬼達を撫《な》でると、二匹が大人しくなる。

「でも人の身で、あの二人を追うのは大変そうだなぁ」

若だんなが、とにかく急いで蕎麦《そば》の丼《どんぶり》を屋台へ返すと、親爺《おやじ》は何やら強《こわ》ばった顔をしていた。暗い中であるから大丈夫かと思っていたが、大きな狛犬が口をきくところでも目にしたのかもしれない。

（明日になったら怪異と出会ったと、親爺さんは噂《うわさ》をして回るかもしれないね）

だが詳しい事情をゆっくり話しているわけにもいかないから、若だんなはぺこりと頭を下げ、その場を離れた。己を攫いに来た六鬼坊と狛犬を、せっせと追いかけるのだ。

目は闇《やみ》に慣れてきたが、二人の姿を捕らえることは出来ない。その上若だんなはすぐに疲れて、先に進めなくなった。

「どうしようねえ。随分と先に行ってしまったのかな」

若だんなが袖の内へ話しかけ、眉根を寄せた、その時であった。

突然、地の上を駆ける凄い風が吹いて来たと思ったら、体が浮き上がって後ろ向きに転んでしまった。だが、若だんなはまだ大したことが無かった方で、その身の横を、風に吹かれ凄いばかりの勢いで転がって行った者がいたのだ。

少し先の木にぶつかると、痛そうな音を立てて止まる。地面に伸びたその姿を見ると、あの狛犬であった。

「あれま……葉団扇《はうちわ》の風で飛ばされたか。そうだ、鳴家はどこだい？」

起きあがらず伸びたままの姿に駆け寄ると、狛犬は潰《つぶ》れたような格好になっても、鳴家を口から離してはいなかった。若だんながその口からそっと鳴家を外したその時、狛犬が目を覚ました。若だんなと鳴家を見て、事が不首尾に終わったことを悟ったのだろう、地に這《は》ったまま両の前足で器用に目を押さえ、ぼろぼろと涙を流し始める。

「ああ、やられてしまった。これで狐共を押さえる手だてが無くなった」

絞り出すような声で泣き、狛犬は繰り言を言い始めた。

「大体、狐がいけないのだ。図々《ずうずう》しいのだ。神の御前に置かれるのは、我ら狛犬と獅子だと決まっているものを」

それなのに狐は横から顔を出してくるとわめく。

「狐であれば、稲荷《いなり》神社の御前におれば良いではないか」

起きあがらぬ狛犬を心配して、若だんなが大丈夫かと声を掛ける。しかし狛犬は、狐がいるからして、この世の獅子狛犬は無事ではおられぬのだと、言い張って立たなかった。

そこへ六鬼坊が戻ってきて、すいと葉団扇を肩に載せると、口をひん曲げる。

「軽く扇いだ故《ゆえ》、怪我《けが》をしてはおらぬだろうに。神使がみっともない格好だな」

すると狛犬が顔だけ上げ、六鬼坊を見ると、べそべそと泣き言を言いつのる。

「構わぬではないかと、仰《おお》せられたのだ」

「は？」

「我ら獅子、狛犬が置かれている神社でのことだ。我らと祭神様との間に、一組の狐の神使が突然置かれたのだ。稲荷神様のお社でもないのに、なんということであろうか」

獅子、狛犬《こまいぬ》は早々に、後からやってきた狐達と揉《も》めた。神前に二組の神使は要らぬ。その上、以前からいる狛犬達と神の間に割って入るなど、無礼ではないか。

夜、人気が無くなると、神社の内で狛犬達と狐達が、争うようになった。神社は夜となっても閉ざされる事がない。よって、そのような争いが人目につくかもしれぬからと、祭神が双方に止《や》めるよう言われたのだ。

ここで狛犬が、一際《ひときわ》大きな涙をこぼす。

「構わぬではないか、仲良くせよとのお言葉であった」

祭神がそう仰せられたのだ。軽い調子で言われた言葉ではあったが、その御言葉故に狐達は、獅子、狛犬よりも神殿に近い位置から、もうどくことはない。

「私は気に入らぬ！　あのようなことを祭神様までが仰せになるから、狐達がふんぞり返るのだ。気に入らぬ！」

狛犬の対である獅子は、その時以来黙り込んでしまった。狐に対してだけでなく、狛犬にも祭神に対しても何も言わず、ただその場にいるだけになった。

「狐は許し難し！　何としても許し難し！」

一時は力ずくで狐を放り捨てようかとも思ったが、狐族は数が多い。自ら身を引かせるようにし向けないと、反対に狛犬の方がその身を心配することになりそうであった。

「狡猾《こうかつ》な狐に対抗する手だてなど、なかなか有るものではない。我も最近は獅子と同じく神社の境内で、ただ黙って座っておるのみだったのだが」

そうしていたら今夜、神社で狐達がざわめいた。しきりと遠方よりの狐の使いが行き来した故、何やら大事《おおごと》が起こったのが分かる。狛犬は神前を離れると、境内にある末社の一つである稲荷神社へと向かい、そこにお仕えしている昔なじみの狐に事情を聞いた。すると、若だんなの話が出てきたのだ。

「大妖《たいよう》である皮衣様の孫長崎屋の若だんなを盾にして、天狗《てんぐ》が狐に対し勝手を言い、管狐《くだぎつね》を手に入れようとしていることが分かった」

主《あるじ》を亡《な》くした管狐の先々については、定まった理《ことわり》が既にある。なのにある大天狗は、それを曲げようとしているらしい。

そうと知って、狛犬にはある考えが思い浮かんだ。己達狛犬も同じように今、狐達に勝手を言われて酷《ひど》く……それは酷く困っているではないか。

「もし長崎屋の若だんなさえいれば、狐を動かすことが出来るというならば……それが本当なら、天狗ではなく己が若だんなを手に入れたい！」

いや、是非にそうせねばならなかった。

「天狗の代わりに若だんなを押さえる事が出来れば、狐達は私の言うことを聞く。神社から出て行くとの証文を取れる」

そう考えついた後、狐達の集まる王子稲荷神社へ、天狗が知らせを入れた事を知った。攫った若だんなと管狐を交換しにいくのだ。若だんなの住まいがあるという通町から王子へ向かうその間で、一休み出来るところといえば上野ではないか。そう当りを付けた狛犬は、必死に空を見張っていたのだ。

二人を見つけた。鳴家《やなり》を捕まえ、天狗に挑んで頑張った。今宵《こよい》こそ、何とかするつもりであったのだ。

「なのに……どうにもならなかった」

狛犬はまた、さめざめと涙を流した。

6

とにかく鳴家が返ってきたので六鬼坊の一勝となり、若だんなと三つ目の勝負をすることとなる。早々に長崎屋へと帰れるかどうかは、三回目にどちらが勝つかで決まるのだ。

六鬼坊は次の勝負をしようと言い、地にうずくまった狛犬にはもう見向きもしない。だが若だんなは、一匹で泣いている狛犬の方へ目をやると、小さく溜息《ためいき》をついた。

「きっと、狐とどちらが前にいるか、という事より、祭神様のお言葉の方に衝撃を受けたのでしょうね」

狛犬が長く仕えた祭神が、新参者を贔屓《ひいき》したように感じられたに違いない。すると六鬼坊は、その考えを否定しなかった。

「ふん、狛犬は古参の己達こそ、大事にされるべきだと思っておるのかの。狐もまた神使だ。祭神様だとて、一方の味方をなさる訳にはいくまいよ」

「それはそうですが」

「それよりもほら、御身に決めさせてやる故、三つ目の課題を考えろ」

勝負をしたいと言い出したのは己の方だから、狛犬が気になりつつも、若だんなは最後の勝負をどんなものにするか考え込んだ。ここで負けたら、狐達や祖母や兄《にい》や達を騒ぎに巻き込んだ張本人、六鬼坊に味方せねばならない。

（そんなことになったら後で兄や達から、十日間くらい続けて説教されそうだ）

しかし、体力技とも格段優れているはずの天狗に、どうやったら勝てるであろうか。若だんなが首を捻《ひね》っていると、隙《ひま》になったらしい鳴家達が、もそもそと袖から顔を出してきた。

「鳴家や、もう遠くへ行っちゃ駄目だよ」

若だんなに言われると頷《うなず》き、ここならば大丈夫だと思ったのか、何と近くにいる六鬼坊へよじ登ってゆく。

「ほう？」

六鬼坊は驚いた顔をしたが、嫌がりもしない。鳴家達はそれを良いことに、菓子の探索でも始めたのか、袖や懐《ふところ》に潜り込む。だが天狗は若だんなのように甘味を持ってはいなかったらしく、首を傾《かし》げると、今度は葉団扇へ手を伸ばした。

「きょんぎ？」

葉団扇は思いの外重かったようで、支えられずあっと言う間に一緒に落ちる。すると、ひらりと舞った葉団扇が小さな風を起こした。軽い一扇《ひとあお》ぎであったのに、側《そば》にいた狛犬が一寸《ちょっと》浮き上がり、泣きはらした目をしばたたかせている。それが面白かったらしく、地面に落ちた鳴家達は、機嫌良く笑い出した。

「これ、この葉団扇は玩具《おもちゃ》ではないぞ」

苦笑を浮かべた六鬼坊が、鳴家が抱えた葉団扇を拾おうと手を伸ばす。その時。その体がはじかれたかのように、大きく後ろへ飛びすさった。狛犬も立ち上がり、道端で身構えている。

「何ですか？」

一人訳の分からない若だんなが、目を見開く。すると六鬼坊の近くに、湖畔の木の梢《こずえ》から大きな影が降ってきたのだ。

「これはこれは」

六鬼坊がさっと顔を引き締め、口の端を歪《ゆが》めている。蒼《あお》い月の下仁王立ちをしていたのは、大きな狐であった。長い尻尾《しっぽ》の先が、二股《ふたまた》に分かれている。

「ああ、見つけたわ」

先程聞こえていたのは、数多《あまた》の狐の鳴き声であった。だが仲間よりも先に到達したのか、目の前の狐は一匹で、六鬼坊をねめつけている。

「皮衣《かわごろも》様に無体な事を言う不埒者《ふらちもの》は、この天狗か。この万治朗《まんじろう》狐が早々に引っ捕らえ王子の社に運ぶ故、そう心得な」

言い放った万治朗狐は、若だんなの方など見向きもしなかった。だが直《す》ぐに狛犬には目を留め、低い声を出す。

「お前は祭神様に要らぬ事ばかり言うという、神使の狛犬ではないか。夜、祭神様にお仕えもせず、こんなところをほっつき歩いているとは、そうに違いないて。役立たずだからな」

万治朗狐が馬鹿《ばか》にしたように言うと、狛犬は巻き毛を逆立てる。だが狐はそれきり狛犬には構わず、六鬼坊へ顔を向け言い放った。

「この身は千年有余の間生き、皮衣様からも薫陶《くんとう》を受けた者である。ここで素直に頭《こうべ》を垂れるならば、温情を示してやらんでもないが」

すると万治朗狐に対し、「へっ」と吐き捨てるように言って六鬼坊が笑ったものだから、今度は狐が毛を立てる。

「たかが千年の時を、自慢たらしく言い立てるか。若造だな。かわいいものだが、鬱《うっ》陶《とう》しいとも言うな」

「な、なんだとうっ。天狗、お前なぞ直ぐに川鵜《かわう》のごとく、紐《ひも》で縛りつけてやるわ」

一対一ならば格段に大きい六鬼坊に利があるとも見えるが、初対面なだけに、天狗は妖狐《ようこ》の万治朗へ直ぐには手を出さない。するとその時若だんなの声が、二人の間に割って入った。

「あの、こんな緊張した時になんですが」

二人はその呼びかけに、振り返りもしない。だが若だんなは黙っていられぬようで、声を張り上げた。

「そのっ、狛犬殿がまた鳴家を捕まえ……いえ、鳴家が抱えた葉団扇を手にしてしまって」

「天狗の葉団扇を？」

この言葉を聞いた途端、六鬼坊と万治朗狐が揃《そろ》って若だんなの方を振り向いた。すると、まるでその時を待っていたかのように、もの凄《すご》い風の塊が二人にぶつかって行ったのだ。

「ああっ」

はじかれるように若だんなが尻餅《しりもち》をついた時には、どちらの姿も夜の中に消え、影も見えなくなっていた。若だんなの前には、抱えている鳴家ごと葉団扇を思い切り振った狛犬が佇《たたず》み、己のやったことに目を見張っていた。

「これは凄い。天狗の葉団扇とは、こうも尋常ならざる代物《しろもの》であったか」

これがあれば、狐達は狛犬の意向に今度こそ敬意を払わねばならぬようになると、口を裂くように笑いつつ言う。若だんなはその前に歩み出ると、足を踏ん張った。

「鳴家を返して下さい」

見れば先程とは別の子で、葉団扇《はうちわ》の柄に必死にしがみついている。だが狛犬は、鳴家に持っていてもらった方が扇ぎやすいと言い出した。

「扇ぐって何を？　もうここには天狗殿も狐もいませんよ」

「今狐達は、王子稲荷《いなり》神社に集まっているのだろう？　そこに行くのだ。王子の狐達が揃ってうんと言えば、神使狐の念書など要らぬ。世の狐達はなべてその場の決定に従う」

それこそ、狛犬が望んでいたことであった。もう若だんなという人質は必要ない。

「王子へ行くんですか。その葉団扇で脅かすんですか」

「大したことは求めない。我らの祭神様の目の前から、あの神使狐に引いてもらえばいい。それだけだ」

狐達であれば、神社から出されても他に行く場は数多ある故、押し通してもいい話だと狛犬は口にする。その筈《はず》なのだ。

「本来、この葉団扇など必要もないことだった。出来たら今後も、使いたくはないな」

なのにどうして、こんなものを突きつけなければ、事が進まないのだろう。狛犬は首を振った後、寸の間小鬼を借りると言ってから葉団扇で地を煽《あお》る。するとその体は浮き上がり、北西の方角へと消えてゆく。

「狛犬殿っ、鳴家を返して下さい」

鳴家達二匹と取り残された若だんなは、風に吹かれつつ空に向け声を張り上げる。

しかし、狛犬の姿は直ぐに見えなくなってしまった。

7

「くしゅっ……っしゅん」

「きゅわっしゅ、きゅんげっしゅ」

鳴家と共にくしゃみを連発しつつ、若だんなはまた夜の空を飛んでいた。

池の近くに立ちつくすことしばし、やっと戻ってきた六鬼坊と万次朗狐に狛犬の事を告げると、二人は一気に諍《いさか》いどころでは無くなった。狐はあっと言う間に姿を消し、それと共に、近づいて来ていたけーんと言う声も聞こえなくなってゆく。

葉団扇を失った六鬼坊も、狛犬が向かった先を若だんなに確かめてから、直ちに後を追おうとする。その着物を若だんなが摑《つか》んだ。

「六鬼坊殿、三つ目の課題を決めました」

「こんな時に何を。今はそれどころではない」

「今だから出す課題です。どちらが狛犬《こまいぬ》を止め葉団扇を取り戻すか。こ、これに決めました、くしゅ」

葉団扇を持っていた別の鳴家が、狛犬と一緒に王子へ行ったのだ。よって若だんなも王子へ連れて行って欲しいと、そう願った。だが大天狗は飛ぶのが遅くなると言い、いい顔をしない。

「酷《ひど》く急いでいるのだ。あの葉団扇は、使いようによっては、災いを引き起こしてしまうでな」

使う主が人ならばともかく、狛犬は神使であるから、葉団扇からどれほどの力を引き起こせるか想像がつかない。故《ゆえ》に何としても早く王子へ駆けつけ、狛犬から早く取り戻さなくてはならないのだ。

だが若だんなは両の足を踏ん張って言う。

「いきなり、この世の正しいことをその身に背負っているかのように、おっしゃらないで下さい」

六鬼坊はついさっきまで、己の望みのために動いていた筈であった。それで若だんなは攫《さら》われてしまい、ついには鳴家が王子へ飛んでいくはめになったのだ。

「私を王子へ連れていかないということは、私との賭《かけ》を放棄するのですか？　へくしゅっ、ならば私の勝ちだ。約束通り今から長崎屋へ送って下さい。王子へはその後向かわれたらいい」

「……王子と長崎屋とは、反対と言っていい方角にあるのだぞ」

「御身は大天狗であられる。その御方が約束を守らないとあれば、山神様に言いつけますよ！」

どうやって言いつけたらいいかは分からないが、その事は黙っていることにする。六鬼坊は一旦《いったん》目を瞑《つぶ》った後、頷くと、若だんなの帯を摑んでまた空に舞い上がったのだ。

「それにしても……くしゅっ、葉団扇の威力は凄いものですね。その葉団扇を持っている狛犬を、どうやって捕まえるおつもりですか」

若だんながそう尋ねると、御身はどうするつもりなのかと、ちょいと人が悪そうに六鬼坊が聞いてくる。若だんなは少しばかり黙った後、正直に答えた。

「捕まえて欲しいと、狐《きつね》達にお願いすることになると思います。とにかく狛犬殿と一緒にいる鳴家を、へくしゅっ、取り戻さねばなりませんから」

王子の地ならば、数多の狐がいるに違いないから、数を頼りに葉団扇の威力を切り抜ける作戦が取れる。すると六鬼坊は、己は夜の闇《やみ》に紛れ、空から取り返しにかかると口にする。しかし、もし狛犬が風の直撃を喰らわせてきたら、先程のように防ぎようもない。

「その時は、どうなさるんですか？」

「考えたくもない」

六鬼坊が不機嫌そうに言う。考えるのが嫌だから、考えないということなのか、考えたくない事をしなければならないから辛《つら》い、ということなのか、若だんなには分からない。

ただ、くしゃみをする回数が大いに増えてきた事だけは確かであった。

管狐《くだぎつね》に会うため王子へ行ったことがあったから、六鬼坊は神社周辺の様子を心得ていた。飛鳥山の縁を川が流れ、その脇《わき》には春になると見事に咲く桜があるのだという。ところが着いてみると、その風情《ふぜい》ある土地では既に騒ぎが起こっていた。火の手があちこちで上がっているのが、空から目に入ったのだ。

「あの馬鹿《ばか》狛犬、やりおったな」

暗い中、何故《なぜ》だか列を成して十数カ所も上がっている火を見て、六鬼坊が吐き捨てるように言った。

「地で風を起こすときは、気をつけねばならんのだ。特に人が住む土地では」

半端《はんぱ》な風は火を煽り、燃え上がって手が付けられなくなる。葉団扇の風が吹き抜けると、提灯《ちょうちん》や行灯《あんどん》や果ては竈《かまど》の火まで、松明《たいまつ》のように大きくなってしまうのだ。今のところ、火が並ぶのは一列だけであった。

「狛犬は葉団扇が本物であると示す為《ため》に、狐の前で、一度使ってみたのかもしれんの」

二人は神社の近くへ、火を避けて降り立つ。すると早々に狐に囲まれてしまった。狐達は殺気だっており、何故だか何匹かは、瘤《こぶ》を作ったりその身に晒《さら》しを巻いたりしている。天狗を見ると更にその顔を不機嫌にした。

だが若だんなが一匹の前で名乗ると、途端に狐達がざわめく。数匹が前へと進み出て、どこへ向かうのか二匹ばかりがその場からさっと姿を消した。

「若だんな、ご無事でしたか」

「皮衣様が心配なさっておいででした」

「長崎屋から、お二人の兄《にい》やさん方がお見えになっておりますよ。それは大層もの凄く心配なすっておいでです」

兄や達が、早々に王子にまで来ていると聞いて、若だんなは目を見開いた。狐の口ぶりから察するに、晒しを巻いた狐達に拳固《げんこ》を見舞ったのは、兄や達であるらしい。若だんなが突然消えたのは、狐と天狗《てんぐ》の揉《も》め事《ごと》に巻き込まれた為だと知ったのかもしれない。

(手加減抜きで、狐達に怒ったんだねえ)

つまり程なく兄や達が若だんなの前に現れ、薬湯と説教と心配が山ほど降ってくるということだ。

(だがその前に、六鬼坊殿との勝負に決着をつけなきゃ)

そして鳴家《やなり》だけは己で取り戻さねばならない。心配性の兄や達が、若だんなが全《すべ》てに優先だと言って、鳴家を放って長崎屋へ帰りかねないからだ。若だんなは流れてきた煙にちょいと咳《せ》き込んでから、横にいた細い狐に尋ねた。

「火が見えていたよ。あれは、狛犬が葉団扇を使ったせいで起こったんだね？」

「狛犬の奴《やつ》、我らが同輩の神使を神社から退《ど》かせよと迫ったとか。諾と言わなんだ所、天狗の葉団扇を使って脅してきました」

どうやら狐と狛犬の話は、とことんこじれてしまったらしい。葉団扇が起こす風はもの凄い威力だが、狐達は若だんなが考えたように、数にものを言わせ狛犬に近づいているらしい。この分だと脅威を感じた狛犬が、もっと葉団扇を使いかねない。

若だんなは振り返ると、六鬼坊に尋ねた。

「起こってしまった火事を消す方法がありますか?」

「我に葉団扇があれば、消してみせるがの」

起こした風で火を挟んで、寸の間の内に消すのだという。季節外れの花火のようにも見える、美しいやり方だと言った。

こればかりは、葉団扇さえあれば誰にでも出来るという技ではないと、六鬼坊は口にする。葉団扇は尋常ならざるもの故に、なおさら使いこなすには長い修行の時が必要なのだ。

「風の避け方に、こつなどありますか?」

「まあ、あるな」

若だんなはげほげほ咳《せき》をしつつ、大げさなほどに頷《うなず》くと、狐達の方を向き、葉団扇の風を避けるやりようを、六鬼坊から聞くように言った。葉団扇を持つ狛犬に近寄るには、何としても風に勝たなくてはならないのだ。協力が必要であった。

だが神社の鳥居の下に集まっていた狐達から、不満の声が上がる。

「何で我らが、天狗などに!」

咄嗟《とっさ》に嫌そうな表情が並んだのを無視して、今度は六鬼坊に話をする。狐達に頭を下げ、葉団扇を取り戻す手伝いをしてくれるよう、狐に頼めと言ったのだ。天狗のみで対抗するのは、やはり難しい。

「どうして、狐ごときに！」

露骨に口元を曲げた顔に向かって、若だんなが言いつのる。

「葉団扇を盗まれたとあっては、天狗として笑い者になりましょう。早く取り戻したいですよね？」

その上、葉団扇が大火事の元になったとなれば、六鬼坊は山神様に顔向けが出来ない。若だんなは狐達の方を向く。

「狐達だとて、この王子が火事で丸焼けとなったら、困るでは済まないだろうに」

今なら小火《ぼや》で済む。目の前にいる、この大天狗ならば消せるのだ。

「天狗になど頼るものか」

「狐など信用できぬ」

ここまできても、互いに睨《にら》みあう。若だんなは溜息《ためいき》をついた。

「ならば狛犬の一人勝ちにしますか」

「それは……」

双方、しばし黙り込んでしまう。そして……そしていかにも不機嫌そうに、口元をひん曲げる。

「それればかりは、困る」

そう言うと狐達は、そろそろと天狗の方を向いた。目が合った六鬼坊が、ごほんと咳払いを始めた。

じきに、互いに頷き合うと、まず狐が王子の町を燃やしたくない故、力を貸して欲しいと頭を下げる。六鬼坊は頷いてから己も深く頭を下げ助力を乞《こ》うた。

その後六鬼坊は狐達に、風は斜め前に逃れて避けるようにと言う。狛犬は葉団扇を手にしたばかり故、真《ま》っ直《す》ぐに風を打ち出す術《すべ》しか知るまい。だから直撃を免れれば、吹き飛ばされる事もないのだ。

承知と頷き、数多の狐達が草の陰に身を潜め、狛犬のいる方へと消えてゆく。狐達が草を分けるさわさわ、さささという僅《わず》かな音が重なり、夜が奏《かな》でる音曲のようにも聞こえた。六鬼坊の姿が、夜空に舞い上がる。若だんなが急いで声を上の方に張り上げた。

「六鬼坊殿、狛犬殿から葉団扇を取り戻したら、鳴家を返して貰《もら》って下さい」

分かったとの返事は直ぐに空へと消える。残った若だんなは、葉団扇の件は狐と天狗に任せ、その場を離れた。

「兄や達と会う前に、もう一つやっておかなきゃ」

若だんなは、狛犬と対立している神使狐を探しに出たのだ。

狛犬のいる神社へ、王子から狐の知らせが行ったという話を聞いていたので、もしやと思っていたら、神使狐はやはり王子に来ていた。小振りな灰色の狐達で、若だんなはその二匹に向き合うと、狛犬の思いを語った。

「狛犬はこれからきっと、天狗からも狐達からも責められることになります」

それだけのことをしたのだから仕方がないが、しかし事を起こした原因は、神使狐にも幾分あったのだ。

「せめてこの先、御身らと狛犬が、喧嘩《けんか》をせず過ごせるよう考えて欲しいんだけど」

そう伝えたら、今回のことは狛犬が悪いのだと、狐らは突っぱねてきた。

「そんなこと、若だんなが首を突っ込む事ではないぞ」

言われた若だんなが眉尻《まゆじり》を下げた途端、何故だか神使狐達の方が、急に言葉を詰まらせた。

「……ぐえっ」

何事かと目を見張った後、若だんなは直ぐにゆったりと笑みを口元に浮かべる。

「あれ兄や達、いたのかい」

見れば仁吉と佐助が、神使狐の首もとをひっ掴《つか》み、高々と吊《つる》し上げていた。どうも若だんなに狐があれこれ口答えしていたのが、気に障《さわ》ったらしい。

「若だんな、無事ですか。怪我《けが》をしてませんか。きっと熱は出てますよね。寝込んでいませんか？　今両の足で立っていると？　でも、直ぐに倒れるかもしれませんからね」

兄や達は、さっそく持っていた綿入れを若だんなに着せると、夜の中に響き渡る程の溜息をついた。

「とにかく無事で……良かったです」

この言葉と共に、兄や達の心配が総身に染《し》みてくる。すると何故だか涙が滲《にじ》んできて、若だんなは慌《あわ》てて目元をぬぐった。

今夜は事を何とかしようと必死に頑張ってきたが、やはり緊張していたのだと思う。二人の姿を見て、心底ほっとしたのだ。何だかお菓子を貰ったちいさな子供のように、嬉《うれ》しい。若だんなは兄や達の着物の端を、きゅっと強く掴んだ。

（まだ全部は事が解決していないのに）

それでも二人がいれば大丈夫、どうにかなるという気がしてくるから不思議だ。一人ではないということは、こんなに凄《すご》いことかと思う。

「もう大丈夫だ」

するとこの時、吊し上げられたままの神使狐達が、兄や達の腕の先でわめいた。

「いい加減、下ろさぬか。若だんなに無体をしたのは、天狗であろうが。懲《こ》らしめる相手が違うぞ」

「仁吉、佐助、大天狗殿は私を部屋から連れ出しはしたけど、酷《ひど》いことはしなかったよ」

ちゃんと大天狗殿と一緒に、お蕎麦《そば》の夜食も食べたと言うと、狐達と兄や達が目を丸くしている。若だんなはその事よりもと言って首を巡らすと、夜空を明るく照らしている火の方を指さし、話を狛犬《こまいぬ》のことに戻した。あの火は神使狐達に不満を募らせ、我慢が出来なくなった狛犬が起こしたものであった。

「神使狐、例えばお前さん達が稲荷《いなり》神社などで、祭神様の御前にいたとする。なのにある日、獅子《しし》と狛犬が境内に現れ、神使狐を押しのけ祭神様の御前一番に陣取ったら、腹が立たないかな？」

後から来て、何をすると思うのではないか。もしそこで祭神様が事を荒立てぬよう、元からいて気心の知れている神使狐の方に、引いてくれとお言葉をおかけになったら、何とするだろうか？

　こみ上げる不満があっても、祭神様にそれを言う訳にはいかなかろう。そんな時に獅子や狛犬が、その待遇は当然のことだという顔をしたら、神使狐は総身を怒りで包まないというのだろうか。

「神使狐のいる神社では、このところ獅子も狛犬も、黙り込む事が多かったのではないんですか？」

「それは……」

　神使狐達が寸の間口を閉じて若だんなを見つめる。すると、若だんなへすぐに返答しないのはけしからんと、佐助がぽかりとその頭を殴った。余程痛かったのか、狐はその口から小さな溜息をこぼしつつ、やっと言った。

「神社で我ら狐と狛犬達、神使のどちらが祭神様に近い場所におりましても、お仕えするのに不都合はないでしょう」

　若だんなが大きく頷く。

　つまり神使狐の方が引いてくれたのだ。だが狐が祭神様に近い場所を譲っても良いと言えば、実際に場所を動かすことはないのではないか。ふと、そんな気もした。

　話が終わったとみて、兄や達がほっとした顔付きで、さっそく長崎屋へ帰ろうと言い出した。勿論《もちろん》若だんなも、いい加減休みたかったが、まだ大天狗との勝負にきちんと決着をつけていない。それを終えてからと言うと、兄や達がさっと渋い顔付きをする。

「大天狗の相手は我らが代わります。若だんなは早く横にならねば」

「あの、あの、大天狗様がこちらにみえているのですか」

「あのね、大天狗殿は今、鳴家を取り戻しに行って下さっていて……あれ？」

どうも一つ言葉が多いと辺りを見ると、小さな狐《きつね》のような者達が、若だんなの足下に、何匹かで茶を運んできてくれていた。若だんながありがたくその温かい一杯を手に取り礼を言うと、小さな艶《つや》の良い毛並みの姿が若だんなの方へと歩み出て、この神社へともどってきている管狐だと口にする。黄唐《きがら》だと名乗ったので、六鬼坊が会いたがっている事を知っているかと聞いた。

黄唐が頷く。若だんなの目を見て、委細は狐達から聞いていると言った。しかし。

「我は六鬼坊様の所へは行けません。管狐は主《あるじ》を失った後は、この地に来る決まりでございます」

もし黄唐がその約束事を破れば、他の管狐にも、仕えて欲しいとの話が行きかねない。富をもたらし、ひとの心を読むという管狐の力を欲しがる者は多いのだ。

たとえ、上手《うま》く使えなければ、いずれは管狐が増えすぎ身上《しんしょう》を潰《つぶ》すと言われていても、それでも求める者はいる。

「なるほど」

若だんなは頷く。黄唐自身がそう考えているのであれば、六鬼坊は引くであろうと思う。きっと狐達に迫ったような強い懇願はしない。だが。

若だんなはここで、己の思いつきを口にした。

「あのね、へくちっ、六鬼坊殿がたまに酒を担《かつ》いできて、この地で一緒に飲むというのも、駄目なのかな？」

「六鬼坊様がお酒を担いで来る？　この王子へですか？」

黄唐が目を丸くしている。

「黄唐殿の行方を知る為《ため》、六鬼坊殿は信州の太郎坊殿の所に、大きな酒樽《さかだる》を三つ程持って行かれたらしい」

修行の地は山深い。良き水が湧《わ》くから美味《おい》しい酒が出来るらしいと言うと、後ろで話を聞いていた他の管狐達が、ぺろりと舌を出し口元を舐《な》めた。

「大樽三つ分のお酒！」

嬉しげな声が上がっている。確かに久しぶりに話せたら楽しいと、黄唐が小さな声で答えた。

「銘酒かの。それは上々」

何故《なぜ》だか近くにいた狐までもが、己も飲む気の顔をしている。

「黄唐殿の友が王子に遊びに来ることくらい、勿論構わんさ」

返事をしたのは狐の方であった。ここで若だんなは、首を傾《かし》げ一寸《ちょっと》考えた。

(六鬼坊殿は管狐を友と呼んで、酒を運ぶだろうか)

己に仕える者と思っていた相手を友とするのは、初めてのことであろう。

(でも六鬼坊殿は、管狐と一緒に話したいんだよね。お酒を飲んで笑いたいんだ)

ならばそれは友であるに違いない。大切な相手だ。遠方まで酒樽を運び、揉《も》め事《ごと》を起こしても会いたい相手なのだから、他の名で呼びようもなかった。

若だんなは分かったと言って立ち上がると、この話を六鬼坊へ伝えると言って、黄唐に笑いかけた。仁吉と佐助が横で、苦笑を浮かべている。

「やれ、天狗《てんぐ》も管狐も、あまり人と交わらぬ者達は、付き合い方が不器用なこと」

「あげくに若だんなを攫《さら》うとは気にくわん」

しかし事に狐だけでなく、祖母皮衣まで関わっていたとなれば、兄《にい》や達はこの先どうするかを、祖母に任せる筈《はず》であった。ならばこれ以上の騒ぎにはなるまいと思う。

とにかく若だんなが無事であったのだから。

その時、強い風が小高い地を吹き抜け、仁吉がさっと若だんなを背に庇《かば》った。夜の風に乗って数多《あまた》の狐達の声が聞こえてくる。すると直《じき》に、鳴家《やなり》が一匹境内を駆けてきて、もの凄い勢いで袖《そで》の内に入ってきた。

「おや良かった。六鬼坊殿は葉団扇《はうちわ》を取り戻せたみたいだね」

これで若だんなとの三番勝負は、六鬼坊の勝ちと決まった。だが若だんなは既に、黄唐と六鬼坊が会えるよう話をつけている。

鳴家達が袖の中でくしゃみをした途端、若だんなも釣られるように、二度、三度とくしゃみを続けた。兄や達がさっと顔付きを強《こわ》ばらせる。

「大変だ、やはり熱が出ているようですね」

「仁吉、薬湯は持ってきたか？　たっぷりとあるか？」

王子でしばし寝ていった方が良いかどうかを二人が話している間に、軽くぱんっと弾《はじ》けるような音がして、眼前の闇《やみ》に炎が一つ、花のような火花を散らしてから消えた。天狗が二つの風の板で挟み、町で燃え上がった火を消しているのだ。

ぱんと一つ音がするたびに、小さな火花の束が夜の中に浮かぶ。それは夜に咲く花のごときで、明るく弾け、艶《あで》やかな美しさがありまた儚《はかな》い。その花が次々と、黒一面の中に開いては消えてゆく。

「ああ、綺麗《きれい》だ」

言った途端、目の前のものがふにゃりと歪《ゆが》んで、地面が柔らかくなった気がした。

(拙《まず》い。ほっとしたら熱が上がったのかな)

仁吉が慌てて若だんなを、背に負ぶう。だが若だんなは今少しだけ、夜に咲く花に見とれていたいと思う。王子辺りの人達は、狐火で豊作かどうかを占うとも聞くが、今夜のこの火のことはどう思うのであろうか。

狛犬や六鬼坊の思いが胸を過《よ》ぎる。騒ぎになり、後々穏便には済まぬと分かっていても、若だんなの所へ来たその思いが、こうして闇の中で火の花と化しているかのようにも思えた。

「仁吉、佐助」

「はい?」

「今日は……心配をかけてごめん」

「もう、攫われては駄目ですよ」

佐助が生真面目《きまじめ》な顔をして言う。

「そんなこと、こほっ、言われてもねえ」

攫われたかった訳で無し困ると笑った時、また一つ星が弾けたような明るい花が夜に咲いた。

（黄唐と大天狗殿は、これからどんな話をするのかしら）

大天狗は黄唐へ、律儀《りちぎ》に騒ぎの子細を話し謝るかもしれない。黄唐も、大天狗に対し会いに来てくれた礼を言う事から始めるのだろうか。でも……その内二人はきっと昔のように飲み始め、うち解けて語り出すのだ。互いが離れていた間の話。狐達や太郎坊天狗がやった様々なこと。話している間に、また新たな時が刻まれ出してゆく。

（いつか二人は、喧嘩《けんか》だってするようになるのかなぁ）

それで腹を立てても直に仲直りをし、互いを認めてゆく。狐達が黄唐に言いたいことを言ったら、きっと六鬼坊は怒るだろう。そういうのが友かなとも思う。

少し笑い、若だんなは己の側《そば》に幼い頃からずっといてくれた兄や達に目を向けると、その背中で心の底から安心して目を閉じる。

（ああ、仁吉と佐助がいる……もう大丈夫）

そして直《す》ぐに息苦しいような熱っぽさの中へ、引き込まれていった。

餡《あん》子《こ》は甘いか

1

近在では名の知れた老舗《しにせ》菓子屋、安野屋《やすのや》の倉内には、緊張がみちみちていた。

薄暗がりの中、栄吉《えいきち》は一人必死の形相で箒《ほうき》を振りかざし、棚脇《たなわき》にいた男と対峙《たいじ》していたのだ。とにかく男に向かい、必死の思いで一喝した。

「手にしているものを置け！」

途端、男は素直に砂糖包みを足下に下ろした。だがしゃがんだ時、男は手近にあったすりこぎを摑《つか》み、身構えたではないか。

「あ、あのなぁ、そんなもので何する気だ？」

栄吉は半ば呆《あき》れて言ったが、己の得物だとて箒なのだからお互い様であった。睨《にら》み合いが続き、じりじりと間が詰まってくる。やがて素手で殴るか互いの得物を使うかしかない間合いにまでなってしまった。

「き、きえーっ」

「わーっ！」

気合いを籠《こ》めて声を上げた時、男が打ち掛かってくる。栄吉は咄嗟《とっさ》に、すりこぎを箒の柄ではじき飛ばした。飛んだ木の棒は倉の戸に当たって、辺りに響く音を立てた。

「こ、このやろーっ」

こちらからも必死に打って返したが、何しろ倉の中故《ゆえ》、荷が多くある。踏み出した時、行李《こうり》を蹴飛《けと》ばしてしまい、栄吉はうずくまった。途端、男に素手で頭を殴られ、うめき声を漏らす。何故《なぜ》だか「きょんわーっ」と奇妙な悲鳴まで聞こえた気がした。

更に、次の拳固《げんこ》が襲いかかってくる。

「やめろっ」

「何事だ？　栄吉、どうかしたか？」

その時、倉の戸が開き店の主《あるじ》の声が聞こえた。男がびくりとして明かりの方を向いたとき、倉の戸棚が軋《きし》んで、そこにあった小さな行李が落ちた。男の顔を塞《ふさ》ぐ。

「あれ？」

栄吉は一瞬驚いたものの、機を逃さず箒を振り下ろす。箒の柄がごきりと、くぐもった音を立てた。

「かはっ」

短い声と共に、男が倒れる。

「やった……」

栄吉が肩を大きく上下させ息をつくと、倉の中が、ぎしぎしと笑うかのような音を立て軋んだ。


日本橋の北にある安野屋は、奥向きの使用人の他に、数人の職人と修業中の小僧達を抱える、大きな菓子司《かしつかさ》であった。

主である虎三郎《とらさぶろう》は己でも菓子を作る。腕の良い職人上がりの主人というだけでなく、面倒見の良さでも知られている。菓子司三春屋《みはるや》の主人夫婦もその話を聞き、つてを辿《たど》って安野屋へ息子の栄吉を修業に出したのだ。

しかし居場所が変わったからといって、栄吉の腕が急に上がる訳ではない。菓子屋の跡取りであるにもかかわらず栄吉は今でも少しばかり……いや相当に、餡子《あんこ》を作るのが苦手であった。

（せっかく修業に来たんだから、早く上手《うま》くなりたいもんだ）

栄吉は知りたくもない己の噂《うわさ》を、十分に承知していた。町内の者達は、栄吉が父親の店で菓子作りを始めると、皆興味半分ながら、親切にも買いに来てくれた。

だがいざ栄吉が作ったものを口にすると、どうして栄吉が菓子屋の子として生まれてきたのか、本気で首を傾《かし》げるのだ。

（俺には才が欠けているときた）

だが両親は、期待してくれている。だから修業して上手くなればいいのだ。親友で幼なじみでもある長崎屋の若だんな一太郎《いちたろう》も、信じてくれている。だから大丈夫だ。

何より栄吉は、菓子作りが好きであった。菓子職人の他に、なりたい仕事は無い。

だから、だから、だから！

（諦《あきら》めたらその時、おしまいになる。己を疑うな。大丈夫だ）

栄吉は誰に何と言われようと、以前父が掛けてくれたこの言葉を信じているのだ。

（諦めていない俺は、まだ大丈夫なんだ。一生懸命頑張っているんだから、きっとその内上達するはずだ）

直《す》ぐには上手くいかぬ事の一つや二つ、人は抱えているものだとも思う。途中で放り出してしまったら、何一つ成し遂げられないではないか。

（恵まれた生まれの一太郎にだって、頭痛の種はある。大店《おおだな》の跡取り息子に生まれたのはいいけど、半端《はんぱ》でなく虚弱だもの）

友の一太郎は病弱で、家から目と鼻の先にある菓子司三春屋以外へは、ろくに買い物へも行かせてもらえない。あれでは先々、廻船問屋《かいせんどんや》だけでなく薬種問屋《やくしゅ》も営んでいる長崎屋を背負っていくのは、大事《おおごと》に違いなかった。

だが一太郎は、後で寝込むことになると言われても店番をやりたがる。いずれ己が継ぐ店のことを、分かっておきたいと言って譲らないのだ。無理をするとてきめん、病にかかったりする。それでも治ると起きあがって、また店番に出て行く。

そんな一太郎が、余りにも律儀《りちぎ》にこまめに死にかけることは、近在で有名な話であった。栄吉の菓子作りの腕がさっぱり上がらぬことと合わせ、通町界隈《とおりちょうかいわい》の二大不可思議と呼ぶ者がいるくらいだ。

「言いたい奴《やつ》には言わせておけばいいや」

そう思って最初は年下の小僧達と一緒に雑用を引き受け真面目《まじめ》に働き続けていた栄吉は、じきに、下ごしらえや、餅《もち》で餡子を包《くる》む作業をさせてもらえるようになった。そして三日前、安野屋へ修業に来てから初めて、菓子を全部一人で作った。そろそろ店にも慣れてきた頃故、一度こしらえてみろと、菓子を作る板間では親方と呼ばれている店主の虎三郎に言われたからだ。

(よし、よし、頑張って作るぞ!)

嬉《うれ》しかった。帳場にいた通い番頭の米造《よねぞう》も、店表でわざわざ声をかけ、励ましてくれた。その上ちょうどその場に、米造の娘おくみが来ていて、笑いかけてくれたのだ。

おくみは丸っこい顔をした可愛《かわい》い娘で、近所の長屋に住んでいるからか、稽古事《けいこごと》の帰りになど、時々店に顔を見せる。笑うとひな菊の花みたいだと思う。

「あら、栄吉さんがお菓子を作るの? 出来たら一つ、頂きたいな」

「あのっ、良かったら幾つでも。そのっ」

おくみの言葉を聞いた途端、栄吉は体が急に軽くなった感じがした。不思議な事に、天井近くの梁《はり》にまで、己の身が昇っていきそうな気がしたのだ。そういう訳で栄吉は本当に、本当に張り切った。

八つを過ぎると、店奥の菓子作りをする板間が少し暇になったので、一太郎が贈ってくれた取っておきの砂糖を取りだし、栄吉はいよいよ菓子作りにかかった。勇んで作ったのは、一番手慣れた大福だ。

餡子もそれはそれは気を付けて、焦《こ》がさぬようにする。餅の大きさもきちんと揃《そろ》え、十ばかりの大福を作った。

（なかなかに良い出来じゃないか）

　さっそく器に載せ、まず三人に差し出す。親方と職人頭の大松《だいまつ》、それに脚気《かっけ》で療養に出ている二番手の職人忠次《ちゅうじ》の代わりとして、番頭米造に味見をしてもらうのだ。

（ど、どんなもんだろうか）

　栄吉はしばし目を皿のようにして、三人の顔を見ていた。そして……じきに己の顔が、強《こわ》ばってくるのを感じた。大福を食べた米造は、すぐに眉間《みけん》に皺《しわ》を寄せ、口を大きくへの字にしたのだ。

　そして大松ときたら、一口食べた後、じろりと栄吉をねめつけてきた。懐《ふところ》に手を入れたと思ったら、取り出した手ぬぐいで、栄吉の頭をぱしりとはたいたのだ。

「小豆と砂糖がもったいねえ」

　きつい一言が付いていた。

「そ、そんな。そんな……」

「大松、止《や》めねえか」

　虎三郎が、直ぐに大松を止めてはくれた。だがこの時、誰のどんな一言より栄吉を落ち込ませたのは、この虎三郎の言葉であった。

　菓子を口にした虎三郎は、顔を歪《ゆが》めるというか笑い出しそうになるというか、なかなか複雑な表情を浮かべ、こう言ったのだ。

「栄吉、お前の菓子作りの腕は、ようく分かった。何やら餡子作りが苦手だと噂に聞いちゃいたが……お前さんに美味《うま》い菓子を作らせるのは、こりゃあ大事らしいなぁ」

虎三郎は、栄吉が菓子司三春屋の跡取り息子であり、何とか早く上達したがっていることは承知している。だが。

「焦《あせ》ったって、菓子作りの腕が急に上がる訳じゃねぇ。そうだな？」

そして親方は栄吉を正面から見据えると、噛《か》んで含めるようにこう言った。

「いいかい栄吉、俺がいいと言うまで、お前は餡子を作っちゃいけねえ。ちょいと菓子作りを休んでみな。まず先輩達がどうやって菓子を作っているかしっかり見て、こつを覚えろ。分かったな」

咄嗟に栄吉は目を盆に落とし、返事が出来ないまま、残った大福を見つめた。

（菓子を作るなって？　……そこまで酷《ひど》い味だったんだろうか）

己は菓子を作る為《ため》に、安野屋へ来ているのだ。なのにどうして、修業をしてはいけないのだろう。いつまで駄目なのかとか、餡子以外ならいいのかとか、色々聞き返したい言葉が頭の中に浮かんできた。

だがその内、頭の中がごちゃごちゃになって、栄吉は己の顔が、赤くなってくるのを感じた。おくみの笑顔がちらりと思い浮かんで、消える。

（こんなことを言われた大福じゃ、おくみさんにゃ、味見なんてしてもらえない）

目の前の大福は、三人の者に、不味《まず》いと言われたのだ。三人に、であった。

「……はい、分かりました」

そう言うことしか出来なかった。おくみがせっかく食べてみてくれると言ったのに、情けなくて涙が出そうであった。

栄吉は三人の前から菓子を下げたが、他の者に食べてくれとは言えず、さりとて全部、己一人では食べられない。大福をしまっておく場所にも困り、とりあえず倉の内へ置いておいた。

すると鼠《ねずみ》にでも食べられたのか、しばしの後、大福は皿から消えていた。

2

虎三郎に餡子を作るなと言い渡されてから、栄吉は小僧のように雑用をこなすことが増えていった。今日も溜息《ためいき》をつきつつ、倉内で竹の皮を束ねていたとき、番頭から声が掛かる。

「おい栄吉、氷砂糖と太白《たいはく》が届いたから、倉へ入れておいてくれ」

「はい」

立ち上がり、砂糖を取りに向かう。

まともに菓子を作れないのだから、雑用を引き受けることは仕方がないと思う。だが倉の戸を開けつつ、こんな仕事ばかりしていたのでは菓子作りがちっとも上達しないとも思ってしまう。焦る気持ちが湧《わ》いてくる。情けなくて顔がつい下を向く。

(第一、何かみっともないよなぁ)

目を、皆が菓子をこしらえている板間へ向けてから、大八車《だいはちぐるま》から砂糖の袋を持ち上げる。すると、今日はやけに重く感じられた。

(俺はいつか、一人前の職人になれるのかな)

ふと、そう思った。親が必死につてを探し、修業先を見つけてくれたのに、栄吉はこのざまなのだ。

「ええい、余分なことを考えてる暇はない」

いつまでも、倉の戸を開けっ放しにしておく訳にはいかないではないか。栄吉は砂糖をせっせと倉へと運び込んだ。そして棚へ積み上げようとした時、ふと首を傾げる。

(あれ……?)

棚には色々な種類の砂糖が並んでおり、前回黒砂糖を運び入れたとき、栄吉はそれを見やすく取り出しやすいよう並べ替えておいた。きっちり置き場を決めたのだ。

その並びが、どういう訳か乱れていた。

(小僧さんが倉に来て入れ替えたのかな? そういや、妙に沢山の砂糖が減ってるね)

餡子作りの腕は無いが、栄吉は数の計算や、倉の整理整頓《せいとん》、人との交渉などは得意であった。長崎屋の若だんな一太郎をして、栄吉なら立派な大店の奉公人になれたのにと言わしめた力があるのだ。

さっと倉内を見回すと、端で何かが一寸《ちょっと》動く。倉に巣くう鼠《ねずみ》か猫かとも思ったが、鳴き声はしない。栄吉は口元を歪めた。

(安野屋は菓子屋だ。廻船問屋長崎屋みたいに、高直《こうじき》な品物が倉に溢《あふ》れてる訳じゃない)

だが、安野屋は菓子の材料には気を配っていた。今運んでいる砂糖だとて、讃岐《さぬき》の上物で高価な品なのだ。それにもうすぐ、店のお得意様が発句《ほっく》の会を開く。その時出す菓子を請け負っている故に、倉にはいつもより高級な品が多く積んであった。

栄吉は顔を一層引き締めると、一旦《いったん》倉から出る事にした。その途中、隅に立てかけてあった箒《ほうき》を手に取る。戸口で身を屈《かが》め、そうっと倉の内を覗《のぞ》き込んだ。

息を殺してしばし。じっとしていると案の定というか、奥の棚の辺りで動く影があった。ずるりと引きずるような音が、微《かす》かに聞こえてくる。

（どでかい鼠がいるみたいだの）

目を凝らすと上物の砂糖が、棚から一袋、また一袋と下ろされて行くではないか。

栄吉は箒を摑《つか》んでいた手に力を込めると、静かにまた倉の内へ入り込んだ。


「いやあ驚いた。箒の柄で殴られて、気絶をする盗人《ぬすっと》がいるんだねえ」

安野屋の店奥、土間の真ん中に、若い男が店の奉公人達に腕を摑まれ、引き据えられていた。主の虎三郎が土間脇《どまわき》に腰を掛け、苦笑を浮かべてその顔を見下ろしている。

男は、菓子屋へ砂糖を盗みに入ったあげく、栄吉に箒で伸《の》されてしまった盗人であった。

「あのぉ、済みません」

盗人は深く頭を下げ、意外なほどにあっさりと謝ると、八助《はちすけ》だと名乗った。

「実はその、安野屋さんに上物の砂糖が一杯あると知ったんで、つい出来心で盗みに入りました」

その八助の言葉を聞き、虎三郎が片眉《かたまゆ》を上げる。確かに今安野屋は何時《いつ》に無い程、高直な砂糖を集めていた。

「おや、誰がお前さんに、そんな話をしたのかな」

尋ねると八助は首を振り、誰からもそんなことは聞いていないと言った。だが八助には安野屋の倉内のものを、推察出来る機会があったのだ。

「あっしは発句の師匠の、弟子にあたるお人の家で下男をしております。良いご主人でね、客人が残された上等な菓子を、たまに下さったりするんですよ」

その時主人が、その美味い菓子を作った店の名を、八助に教えてくれたのだ。安野屋といい、主人の師匠が開く次の発句の会で、菓子を出すことに決まった店だという。

「発句の会は、札差しなど弟子筋の金持ちが集う、盛大な会になるんだそうで」

よってそこで出される菓子も、それは上等な品が揃うという。

「あっしが食べた菓子には和三盆《わさんぼん》が使ってあって、確かに高直な品だと思いました。でね、こういいい和三盆を使う店には、他にも吟味された上等な砂糖が、置いてある筈《はず》だと見当をつけたんですよ」

盛大な発句の会は来月だが、菓子屋は日持ちのする菓子の材料を早めに仕入れるに違いない。つまり今安野屋には、大量の砂糖が置いてある筈なのだ。おまけに安野屋は菓子屋故《ゆえ》、札差しや両替屋のように、用心棒を雇ったりはしていないとも思った。

「つまりその、安野屋さんならこっそり倉へ入り込める。そしてがっぽりと儲《もう》かるかなぁなんて、思っちまいまして」

てへへと言い、八助が申し訳無さそうに笑う。八助は利口なことに、荷を店に運び込む人の出入りの多い時を狙《ねら》い、倉へと紛れ込んできたのだ。

ところが。

「砂糖の袋が存外に重く、一人じゃ素早く運び出せませんでね。手間どってたとき、そこなお人に見つかって、ぽかりと叩《たた》かれちまいました」

舌を出す八助の顔には、盗人とも思えぬ何とも気の抜けるような愛嬌《あいきょう》があって、周りにいる職人達が苦笑を浮かべている。

「なるほど。そういうことだったのかい」

虎三郎も大して怒った様子とてなく、頷《うなず》きつつ、しばし八助を見ていた。

いや、それだけではない。何を思ったのか、虎三郎は番頭に言いつけ、店の菓子を幾つか盆に載せ持ってこさせたのだ。

（へっ？　何で今、菓子なんか）

栄吉が目を丸くしていると、虎三郎は菊水羊羹《ようかん》、紅白の打ち物、白い表の饅頭《まんじゅう》、円形の最中《もなか》を盛った盆を、八助の眼前に置いた。そして、こう言い出したのだ。

「八助とやら。お前さんは菓子を食べただけで、使ってある砂糖が、和三盆だと分かったと言ったな」

いつも砂糖の種類が分かるのかと聞かれ、土間に座り込んだ八助は、「へえ、まあ」と言い、頭を掻《か》く。

「あっしは今でこそ下男ですがねえ。生まれた時、家は商いをしてまして。そこそこ良い暮らしぶりでしたよ」

親が菓子が好きであった為、よく商売相手から上等の品を貰《もら》ったという。八助は菓子のうんちくを聞いて育ったのだ。

「親は早く死に、店も人手に渡りました。ですが昔食べたものの味は、覚えてるもんですね」

「そうか。ではこいつをやろう」

虎三郎はにやっと笑うと、八助に盆を示し食べろと言う。思わぬことに、栄吉が声を上げる。

「えっ、盗人に菓子を食べさせるんで？」

「食べたら、どの菓子にどんな砂糖が使ってあるか、当ててみなさい」

「あの、こんな時に当てもの遊びをするんですか？」

当の八助も、この扱いには驚いた様子だ。だが虎三郎は言葉を翻《ひるがえ》したりしなかった。

「そうだ。上手《うま》いこと皆当てられたら、今回倉に盗みに入ったことは見逃してやろう」

「そんなら、頑張ります」

八助に否応《いやおう》はなく、栄吉は呆然《ぼうぜん》とその様子を見ていた。八助はまず饅頭をぱくりとやって、直《す》ぐに大きく笑みを浮かべた。

「この砂糖は上物の太白ですね。いや、小豆もなかなかに良い味だ。皮にはとろろが入れてあるかな」

次に口にしたのは最中だ。

「こいつの餡には太白と……水飴《みずあめ》が入ってますかね。相州《そうしゅう》浦賀のものかもねえ」

「ほーお」

落雁《らくがん》には和三盆が使ってあると言い、柚子《ゆず》の香がすると言い添えた。最後の一品、羊羹に入った砂糖は、唐物《からもの》だと言い切った。

「いや、上物だ」

そう言うと、八助はその羊羹を美味《おい》しそうに、むしゃむしゃと食べてしまった。小僧達がそれを羨《うらや》ましげな目で見ている。虎三郎はここで水を差し出すと、満足げな顔付きの八助に、また妙な質問をした。

「八助、お前さん今幾つだ？」

「へい、今十七になります」

(へえ、思いの他若いな)

八助は栄吉よりも歳《とし》をくって見えるのに、親友の一太郎より年下であるらしい。

意外と若かった盗人のことを、主の虎三郎はまたしばし、じっと見つめた。そして直に八助の目の前にしゃがみこんだ。

「砂糖のこと、本当にちゃんと分かったな。答えは全部合っていた」

「おや、大当りですね。やった！」

これで家に帰れると、八助は口を三日月のように曲げ嬉《うれ》しそうに笑った。すると虎三郎も、笑みを浮かべつつ言う。

「八助、お前さんはこれからどうするね」

菓子に使った砂糖を当てたのだから、約束した通り、岡っ引きを呼ぶようなことはしない。だが安野屋はこのことを、得意先である発句の師匠に、黙っている訳にはいかないのだ。師匠の弟子から仕入れた噂話《うわさばなし》を元に、菓子屋へ盗みに入ったと分かったら、師匠にまで迷惑が掛かるだろう。

虎三郎の言葉を聞き、八助は情けないような表情を作った。

「そうですか、そいつは仕方のないことで」

しかし、それでは元の通りに下男でいることは難しい。さてどうやって食っていこうかと、八助は暢気《のんき》にも聞こえる口ぶりで話し、頭を掻いている。

そのあっけらかんとした素振りを見て、栄吉はあきれて口元をひん曲げた。八助には、今、盗みをして捕まったばかりだという感じが、微塵《みじん》もしなかったのだ。

(何だか、危なっかしい男だねえ)

するとここで虎三郎が、八助へ思わぬ事を言い出した。

「お前さんはまだ若い。他で下男を続けるのもいいが、それでは先の楽しみがあるまいよ。八助は、味の分かる舌を持っているようだ。どうだい、安野屋へ奉公に来ないか」

「へ?」

「はっ?」

「きゅわっ?」

途端、土間の内から様々な声が上がる。それは、『盗人なぞ店に入れて大丈夫なのですか』という声にも思えたし、『酔狂なことを』とも聞こえた。皆が驚いて動いたせいか、妙に柱が軋《きし》む。

「旦那《だんな》様、本気ですか？」

この時、正面から主に聞いたのは番頭の米造であった。米造は、職人気質《かたぎ》故に算盤《そろばん》を放り出し、菓子を作ってばかりいる主人を補い、店を支えている柱だ。だから、はっきりとものを言う。虎三郎はしっかり者の番頭の言葉を、風にそよぐ柳のごとく、やんわりと受け流した。

「だってさぁ、米造。八助の舌は、なかなか使えそうじゃないか。真面目《まじめ》に修業したら、良い職人になれるかもしれないよ」

つまり虎三郎は、八助の資質を気に入ったのだ。盗人のなり損ないだと知っていても、店に置きたいと思うほど、菓子職人に向いていると思ったのだ。

栄吉は己の視線が、段々と足下の方へと落ちて行くのを知った。つてを頼り無理に願って安野屋へ置いてもらったのに、菓子が作れない己と、盗みに入ったのに、弟子にと声を掛けられた八助を、咄嗟《とっさ》に比べていた。情けない考え方だとは思う。

だが……だが。

その時、八助の明るい声が聞こえた。

「下男が駄目なら、何かで食っていかなきゃぁいけない。こちらに置いて貰えるなら、そいつはありがてぇ話で」

虎三郎が我が意を得たりと頷く。かくて、箒とすりこぎを振り回して争った栄吉と八助は、兄弟弟子ということになった。

3

安野屋に入った八助の面倒は、何と栄吉がみることになった。

「人に教えれば半人前のお前さんも、そのことをもう一度覚えることになる。八助に一通りのことを伝えてやんな」

主《あるじ》にそう言われたのだから仕方がない。栄吉はいささか渋々、八助へ教え始めたのだが、直ぐに呆然とすることとなった。何しろ八助ときたら、栄吉があれこれ伝える前に、かなりのところ仕事を分かっていたのだ。

「まず安野屋にいる皆の名前だが」

栄吉が店奥の土間で、とりあえずそこから教えようとすると、八助はにやりと笑った。

「ああ、承知してます。虎三郎旦那様、それに番頭の米造さん、手代の杉造さん、職人方は、大松さん、忠次さん、正さん、吉さん、高さん、梅さん、竹さん」

下男と女中達の名まで口にしたところをみると、八助は奥で働く者達と早々に仲良くなり、色々教えて貰ったようであった。

「こりゃあ俺が教えることなんか、あんまり無いみたいだなぁ」

あきれ顔で言うと、八助はあっけらかんと笑い、そうだねと頷く。それを人なつこいと取るか、いささか図々《ずうずう》しいと感じるか、人によって違うというところだろう。

栄吉はどうかというと、八助の軽く世を渡って行けそうな感じが、羨ましいと思った。己には出来ない生きようであった。これからも、多分無理だと思える軽やかさであった。

「八助は器用でいいなぁ」

次は倉へと向かいつつ、栄吉は思わずぼそりとつぶやく。すると八助が、何とも奇妙な顔付きをした。じきに隣で口元を歪《ゆが》め、少しばかり皮肉っぽく言ってくる。

「盗人をやってたあっしを、羨むんですか？　まあ器用じゃありますがね。不器用じゃ盗人は、あっと言う間に捕まっちまいますから」

そうと言われて栄吉は、はっと気が付いた。八助の処世の上手さと盗人稼業《かぎょう》とは、関連がありそうなのだ。

（人当たりが悪くて、いかにも怪しげじゃ、早々に目を付けられちまうもんな）

つまり盗人《ぬすっと》の八助は、人に溶け込み、ぶつからぬ者でなければならなかったのだ。そして子供の頃に口にした砂糖の味を、今でも忘れずにいる程物覚えが良い。そのこともまた盗人稼業には向いている。狙った品物のことを、記憶に留めておけるからだ。

だがここまで考えたとき、栄吉は少し顔を赤くし、首を振って隣の男を見た。

「八助はもう、盗みを止《や》めたんだ。気働きが出来るのはいいことなんだ」

身に付いたものがあるなら、それを上手く使えばいい。栄吉はそう言ってから、倉にある棚のどこに、どの砂糖を置くかを説明しはじめる。後ろに立った八助は、ちょいと首を傾《かし》げた後、何か嬉しげな様子でその言葉を聞いていた。栄吉はここで柱に掛かった、大福帳のような帳面を指さす。

「倉には笊《ざる》や椀《わん》なども入れてある。倉から何か持ち出す時は、持っていく者が己でこの帳面に、減らした数を書き留める決まりだよ。それを、倉の鍵《かぎ》を預かった者が確認をする。品を切らさないためだ」

それは栄吉が来てから、番頭に進言して取り入れたやり方だ。実は長崎屋で行っていることを真似《まね》たのだ。

「小豆や粉は、砂糖の棚の右奥にあるんですね。竹の皮は、その隣と」

八助はそう言ってから、確かめるように大きな粉の袋を動かす。すると、きゅいきゅいと梁《はり》が軋んで、まるで誰かが笑いつつ小声で話でもしているように聞こえた。

その様子を目にしながら、栄吉はふとまた、小さな溜息《ためいき》を漏らす。

（この分じゃ、何年もしないうちに弟子として、八助に追い抜かれちまうかもしれない）

小さいとはいえ菓子屋に生まれ、随分と前から菓子作りを習っていたというのに、それでは情けない。

「俺ももっと、頑張らなきゃな」

掃除道具のしまい場所を指し示しつつ、栄吉がぼそりとつぶやく。すると、何故《なぜ》だか梁がまた笑うように軋んだ。

八助が安野屋に現れてからしばしの後。良く晴れた日の昼過ぎ、久しぶりに長崎屋の若だんな一太郎が手代《てだい》の佐助《さすけ》を連れて安野屋へ姿を見せた。若だんなの兄《にい》やでもある手代は限りなく心配性で、常に若だんなと共にいるのだ。

「一昨日《おととい》まで、また臥《ふ》せっていたんだ。それで暫《しばら》く来られなかった」

若だんなは今日も、栄吉が菓子を作る練習の為《ため》にと、砂糖を持参してくれていた。

「今日のは、そりゃ上等な太白だよ」

そう言って差し出された包みを、栄吉はありがたく手にする。だがさすがに店表で、友に菓子作りを禁止されているとは口に出来なかった。

栄吉は礼を言い、番頭の米造から許しを貰って、その砂糖を倉へ置きたいと乞《こ》うた。仕事の途中だと言って、早々に店奥へ消えようとしたのだ。

だが栄吉が奥へと向かうと、心配そうな顔をした若だんなが、後をついてきてしまう。砂糖を扱う薬種問屋の跡取りである故《ゆえ》か、米造は若だんなと佐助が奥へ入るのを、止めなかった。

そして若だんなは、店奥の栄吉の後ろから妙なことを語り出した。

「栄吉、私には時々見る夢があるんだよ」

その夢の中には、お江戸にいると言われている妖《あやかし》が出てくるのだという。鳴家《やなり》と呼ばれている、家を軋ませる妖で、夢の中では若だんなの友なのだ。きゅわきゅわと鳴く小鬼の妖は、勿論《もちろん》安野屋にも巣くっている。

「本当にいるらしいよ、鳴家って。多分さっき、この店が軋んだのもそうだね。私の友だから、きっと栄吉のことも気に入っているよ」

そして夢の中の鳴家達は安野屋で、栄吉が作り倉に置いた大福を食べてしまったのだ。

「ところがだ。夢内の栄吉は怒らなかった」

大事な菓子を食べられて、どうして栄吉は腹を立てなかったのか。若だんなは妙に心配となり、寝込みつつも、気になっていた。それで今日安野屋へやってきたのだ。

「おい、そりゃ夢のことだろうに」

何だかひやりとして手の内の砂糖を見た後、栄吉は不意に歩みを止めた。店奥を庭に抜けた先、目の先に現れた倉の前に、三人の姿があったのだ。妖の話は、栄吉の頭の内から消えてしまった。

「おや……誰だろう？」

一人は八助で、その横にいるのは、今日も店に寄ったらしいおくみだ。だがもう一人は、見知らぬ顔であった。そんな者が店奥にいることに栄吉は驚き、目を見張る。男は、少々きつい顔立ちではあるが、役者のように見栄《みば》えが良い。その男に、おくみが笑みを向けていた。栄吉は何故だか、顔が赤くなってきた。

この時佐助が横でにっと笑って、小声で若だんなに、前にいる八助とおくみの素性を説明し始めた。佐助は誰に聞いたのか、八助が以前何をしていた男なのか、よく承知しているようであった。

だがその佐助も、目の前の、三人目の男のことは知らぬらしい。見たことのない派手な顔立ち故、出入りの商人だとも思えなかった。

ここで八助が栄吉達に気づき、笑って頭を下げる。そして連れの若い男のことを、友の彦丸《ひこまる》だと紹介してきた。

「八助の、友？」

栄吉は思わず僅《わず》かに眉根《まゆね》を寄せた。一体、いつの、どういう付き合いの友なのだろう。八助は……以前盗人をやっていたのだ。

（いやまさか、盗人を店の内に、連れ込んだ訳じゃないだろうけど）

八助は今や、先々を期待されている、堅気の奉公人なのだから。だが彦丸がただの友だったとしても、新米が知り人を店奥に入れ、昼間から談笑しているというのは、感心できた事では無かった。

一応八助の面倒をみるよう命じられている栄吉は、早く仕事に戻るよう言う。するとここで、おくみに謝られてしまった。

「あの、八助を訪ねてきた彦丸さんに、あたしがお仕事の話を、色々聞きたいって言ったの。だから店の邪魔にならないよう、奥へ来てもらったのよ」

彦丸は宮地《みやち》芝居をしているのだと言い、おくみは光りを含んだような目を、その顔に向けている。

「おくみさん、でも……」

栄吉はそう言いかけて、黙った。おくみは番頭米造の娘故、強いことは言えない。それに栄吉の友である若だんな達も今、奥まで入ってきているではないか。

するとここで彦丸が、ひょいと片眉を上げ、栄吉に絡《から》むような物言いをし始めた。

「おやこの兄さん、俺の事が気にくわないみたいだねえ。なんだい、そっちにも奉公人じゃない連れがいるじゃないか」

なのにどうして己ばかりそんな目で見るのかと、彦丸は嫌みっぽく栄吉に言う。ここで八助が口を挟んだ。

「よしなよ彦丸。栄吉さんはあっしの兄弟子なんだからさ」

「兄弟子？　噂《うわさ》は聞いてるよぉ。栄吉って奴《やつ》は菓子屋の息子のくせに、餡子《あんこ》もまともに作れないんだってねぇ。そんな奴が兄弟子？」

どういうつもりなのか、彦丸は栄吉を挑発するような言葉を繰り出してくる。栄吉はぐっと堪《こら》えたが、いつになくその言葉が、肌に突き刺さるようで痛かった。

（どうしたって言うんだ？　菓子作りが下手だなんて、今までだって山のように、言

われてきたことじゃないか）

何故今日に限って、いつもの言葉が、こんなに腹立たしく感じられるのか。彦丸を殴ってやったらすっとするのにと、そんな考えさえ、浮かぶのであろうか。

（何故かって）

もし栄吉が彦丸に殴りかかったら、おくみがどちらの味方をするか、ようく分かる気がするからだ。そして八助も彦丸を庇《かば》うだろうと、そう確信できるからであった。

その考えが栄吉にのし掛かる。

（俺は……おくみさんを好いているのかな）

生まれて初めての思いに、栄吉は思わず顔が熱くなるのを感じた。だが直《す》ぐに頭が下を向く。気が付いた時、栄吉は既に振られてしまっているらしいからだ。おくみの視線は今、彦丸に向いているのだから。

（やれ、何てこった）

大きな溜息がこぼれ出る。すると他にも情けないような思いが、次々と浮かんできてしまう。

先日、決死の思いで大福を作ったのに、ろくに食べて貰《もら》えなかった。そして菓子作りの修業を、虎三郎に止められている。それに……それに、どう考えても八助の方が、将来を嘱望されている気がする事など、考えたくも無い事実ばかりだ。

「ふふんっ」

この時彦丸が、下を向く栄吉の方をちらりと見て、鼻先で笑った。いかにも人を小《こ》馬鹿《ばか》にしたような、笑い方であった。

(何だよ、おくみさんの目の前で、見下したように笑うのか)

栄吉は顔から血が引くのが分かった。思わず考えも無しに突っかかろうとしたとき、心配げな若だんなの声が聞こえてくる。

「お止《や》めよ栄吉。どうしたんだい、全く」

その声はちゃんと耳に届いてはいたのに、それでも手が、足が動くのを止められなかった。栄吉は、珍しくも若だんなの言葉を無視して、目の前の彦丸の襟元《えりもと》を掴《つか》んでいた。

それを見た若だんなが、兄やに泣きついている。

「ああ、喧嘩《けんか》になっちまう。ねえ佐助、早く止めておくれな」

だが長崎屋の手代の心配は、常にいつも徹底的に、若だんなに向けられている。

「若だんな、絶対に喧嘩に参戦してはいけませんよ。この佐助が守っていますので、ここで静かにしていて下さいね」

「だからさ、ついでに栄吉も守っちゃくれないかい？」

「他の人を守っていては、若だんなをお守りすることが、出来ないじゃないですか。駄目です」

佐助は栄吉に、とんと興味が無いようで都合が良かった。正面から彦丸と睨《にら》みあう。何を思っているのか、八助は栄吉を止めるでも彦丸を諫《いさ》めるでもなく、腕を組んで見ている。

その時、おくみが心配をして袖《そで》を引いた。そしてそれは彦丸の、派手な着物の袖であった。彦丸が栄吉を見て、にたりと得意げに笑う。栄吉の拳《こぶし》が握りしめられた。

びくりとして若だんなが大きな声を出す。

「佐助ってば、何とかしておくれよ。目の前で殴り合いがあったら、私は具合が悪くなっちまうからっ」

その一言で、佐助は口をへの字にした。

「そいつは大事《おおごと》で。若だんな、つまりはこの喧嘩を止めればいいんですね？」

その言葉が聞こえたとたん、佐助は風のように素早く、栄吉の側《そば》に来ていた。「えっ？」思わずその顔を見たその時、栄吉は突然頭をぽかりと殴られていた。

「ひええっ、栄吉っ」

若だんなの悲鳴が、何故だか遠くに聞こえる。目の前が暗くなっていた。

4

気が付いた時には、彦丸は既に姿を消していた。

栄吉が寝かされていたのは、安野屋の店奥にある、土間脇《どまわき》の六畳であった。目を開けると、若だんなの、心底ほっとしたような表情が見えた。

直ぐに若だんなが佐助へ、謝るように言う。佐助は頭を下げると、あっけらかんと言った。

「いや三対一だったんでね。栄吉さん一人を黙らせた方が、早く収まる気がしたんでさ」

「佐助っ」

若だんなが怒った顔付きで、ぺしりと佐助の手を叩《たた》くと、佐助はどうしてそんなことをされるのか分からないという顔をして、若だんなを見ている。体を起こすと痛い所は無かったが、額に瘤《こぶ》が出来ていた。

土間にいた八助とおくみが、謝ってくる。

「いや、俺の言いようが悪かったんだ」

栄吉が慌《あわ》てて手を振ると、横に座っていた虎三郎が頷《うなず》いている。

「やれ、大したことが無かったみたいで、良かったな」

虎三郎はにっと笑うと、栄吉に体の具合を確認してくる。もう大丈夫だから働くと言うと、満足そうな顔をした。

「実はさっき、発句の会の方々がみえて、菓子の味見を兼ね、内々で一席設けることに決まった。これから菓子作りが忙しくなる。栄吉も八助も、菓子作りを手伝ってもらうからな。寝ている暇は無いぞ」

虎三郎によると、内々の会といってもかなりの人数が集まる上に、土産の品も必要だとのことだ。安野屋は一層沢山の菓子を作らなければならないのだ。

その言葉を聞き、栄吉が飛び跳ねるようにして布団《ふとん》の上に座り込んだ。

「あの、俺も板間で作るのを手伝って、いいんですか？　また菓子を作ってもいいんですか？」

「ああ、忠次が店を離れているし、手が足りねえ。久しぶりだろう、がんばんなよ」

「はいっ」

本当に随分と久々の、嬉《うれ》しい知らせであった。急に元気になった栄吉を見て、安心した顔になった若だんなの横で、栄吉はそそくさと布団を畳む。若だんなが嬉しげに言った。

「とにかく何でもなくて良かった。今日はこれでおいとまするね」

これで栄吉はまた菓子を作れる。良かったと若だんなが笑う。栄吉はここで、少しばかり首を傾《かし》げた。

「一太郎、お前さん俺が菓子作りを止められていたことを、知ってたのかい？　一体どうして？」

恥ずかしくて口にできなかった事であった。栄吉が気を失っている間に、誰かが喋《しゃべ》ったのだろうか。

すると若だんなは軋《きし》んでいる天井近くの梁《はり》に目をやった後で、ちょいとうろたえたように言った。

「あれ、誰かから聞いたような気が……」

若だんなはそう言って笑っている。栄吉は片眉を上げたが、まあ、些末《さまつ》なことであった。

「ま、いいや。とにかく菓子を作れるんだ」

栄吉は今、つい笑い顔になってしまう程機嫌が良いのだ。若だんなが帰った後、久々に板間へ入ると捏《こ》ね鉢を渡された。すると、横に八助がやってきた。

「栄吉さん、本当にもういいんですか？　妙なことになって済みません」

そういう八助も、大きな木鉢を手にしている。発句の会用の菓子は皆で作る故《ゆえ》、新米の八助が餡を作ったり、味や形を決めたりすることは無い。だが安野屋に入ってまだ日が浅いのに、今回の菓子作りに加えて貰えたというのは大したことであった。

「とにかく、一緒に作業が出来て嬉しいよ」

栄吉が笑って言う。すると八助が、すっと顔を耳元へ近づけてきた。

「さっきも同じ事を、梅さんに言われました。つまりこの板間に入って作業をするのは、目出度《めでた》いことなんだろうけど」

でもと、八助は小さく舌を出した。栄吉や八助がやるのは、餅《もち》で餡を包《くる》むとか、餅の中央にくちなしで染めた黄色い餡を載せるとか、単純な作業ばかりの筈《はず》なのだ。

「己で一つの菓子を作り上げるなんてぇことは、職人頭にでもならねえと、無理なんでしょうねえ」

お前には才があるなどという言葉に浮かれていたが、実際働くとなると仕事は甘くはない。半月も菓子屋の毎日を見ていると、その先の一月、半年、一年先の毎日が、手に取るように分かってくると八助は言う。

「例えばこの先しばらく、あっしらは毎日餡を包むことになります」

少なくとも一年や二年や三年は、似た日々なのだろうかと、八助がぼそりと口にした。

「凄《すご》いな、毎日同じだ。ここの板間じゃ毎日、毎日毎日、昨日と変わらないときた」

「俺は早く、餡を包むことくらい、栄吉に任せられると言って貰いてえよ」

「栄吉さんは、真面目《まじめ》だなぁ」

八助が笑う。栄吉はその笑みを見て、少しばかり首を傾げた。

「何か引っかかってるのかい？　八助、俺にはお前さんの才が、大層羨《うらや》ましいかね」

「でもねえ、菓子に入った砂糖のことくらい、旦那《だんな》様も職人頭の大松さんも、おんなじように分かるみたいなんですよ」

「そりゃあ、この安野屋で職人をまとめているお人達なんだから」

栄吉がそう言うと、八助は何となくつまらなそうな顔付きを、餅を蒸している竈《かまど》へ向けた。三つ並んだ土間の竈からは湯気が上がり、戸口からの光りを受け白く渦巻いている。

今日栄吉達は、餅菓子の担当であった。横では正と吉が大松の下で、寒天を使った菓子をこしらえており、高がそちらを助けている。

その時、土間で虎三郎の大きな声がした。直ぐに蒸し上がった餅が、火から下ろされる。柔らかな匂《にお》いが辺りを包んだ。熱いのを苦にもしない様子で、虎三郎が餅を台に取り出し、器用に大きく切り分けてゆく。

それを木鉢に受け取った栄吉達が、更に小さく切り分けて伸ばすのだ。それから虎三郎がこしらえた安野屋特製の餡子を、伸ばした餅で包んでいく。

「栄吉、大きさをきちんと揃《そろ》えろよ。餅の厚さも、まちまちにするんじゃねえぞ」

「はいっ」

虎三郎の注意を聞き、必死に気を配って餅を伸ばしていると、隣で八助が軽々と餅を広げ、あっと言う間に美味《うま》そうな和菓子に仕立ててゆく。

栄吉は一つ大きく息を吸ってから、もう一度目の前の餅に気を集め、一生懸命丁寧にこしらえていった。

5

三日の後、栄吉は久方ぶりに、薬種問屋長崎屋へ顔を出した。

離れに通された栄吉は、若だんなが栄吉へ贈った砂糖を持ってきていた。使わなくなったので返すと言うと、若だんなが茶を出しつつ、こちらの顔を覗《のぞ》き込んできた。

「せっかく菓子作りを許されたのに、どうしたんだ。それとも栄吉、最近煎餅《せんべい》を作ることにでも、凝ってるのかい？」

若だんなの問いを聞き、栄吉は畳の縁に目を落とす。友へ、言わなくてはいけないことがあった。

「実は俺……今、菓子は作ってないんだ」

茶饅頭《ちゃまんじゅう》を木鉢に盛って、離れに入ってきた仁吉《にきち》が、すいと片眉《かたまゆ》を上げた。だが黙ってそのまま、菓子を若だんなの前に置く。その時何故《なぜ》だか、部屋が軋むような音を立てた。

若だんなは饅頭を食べもせず、心配げに栄吉の顔を見てくる。栄吉は言葉を探したが、言い訳が見つからない。幼い頃より良く知っている相手に、隠し事をするのは難しい。結局溜息《ためいき》をつき、言いにくい事を告白することとなった。

「俺は作業場から外されてしまったんだ」

栄吉が再び菓子作りに加わってから、まだ何日も経《た》っていなかった。そんな時。

「旦那さま、長いことご心配をおかけしました」

そういう言葉と共に安野屋に現れた、旅姿の男がいたのだ。

「おお、忠次！　なんだ、戻るのは春になってからだと思っていたが」

忠次と呼ばれた男は、嬉しげな顔を虎三郎に向けると、もう良くなったと言い、桶《おけ》の水で足を洗っている。安野屋に来て日の浅い栄吉や八助は忠次の顔を知らなかったが、他の奉公人達は仕事の手を止め、代わる代わる忠次に挨拶《あいさつ》をしてきた。明るい声が飛び交う。

そして。

翌日になると忠次は当然のように、板間で菓子作りを始めた。それだけでなく小僧達へ菓子作りを指導する者の一人として、職人頭の大松に次ぐ立場に立ったのだ。

「忠次さんは、長年この店で働いていたが、脚気《かっけ》を治す為《ため》、暫《しばら》く田舎にいたんだよ。あの人の作る有平糖《あるへいとう》は見事だよ」

朝、竈の脇で栄吉にそう教えてくれたのは、米造であった。そして米造は言葉を続けた。

「それでな、栄吉。当然のことだが、忠次さんはこの度の、発句の会の菓子も作ることになる」

忠次はことに、宴席を飾るような華やかな菓子を得意としているらしい。そして人数が増えると板間が手狭になる。

「今回は作る菓子が多いから、場所が必要なんだよ。だからな、栄吉」

米造がいつになく優しい声で、噛《か》んで含めるように言った。

「今回の菓子作りからは、お前さん、外れておくれ」

「えっ……」

栄吉は土間で木鉢を抱えたまま、立ちつくすしかなかった。

「店は今、本当に忙しいんだ。店表で売る菓子の他に、まず作り置きのきく飾り菓子から作ってるからな。暮れてからも作業場を使っていてね」

だから当分、栄吉は菓子作りを練習することすら出来ない。それで砂糖を返しに来たのだと、栄吉は話をくくった。

すると若だんなが半眼になって栄吉を見てくる。だが言いづらいようで、なかなか口を開かない。しかし若だんなの隣に座っていた仁吉は平気で、あっさりと栄吉に問うてきた。

「栄吉さんが今、菓子作りが出来ないのは分かりました。だけどだからって、何で砂糖を返すんですか？　そいつはそりゃあ、日持ちのする品物なんですよ」

発句の会は大がかりに行うというから、開かれるまでに、まだ何日かあるのだろう。だが、それでも半年も先のことではあるまい。終わればまた、板間で練習が出来る。

「つまり栄吉さんの言うことは、何か妙なんですよねえ」

その指摘に、栄吉が思わず下を向く。若だんなが静かに聞いた。

「ねえ、言っておくれな。砂糖を返してどうするんだい」

遂《つい》に……栄吉は白状することになった。

「つまり俺は今、というか、もう、というか……菓子を作り続ける気力が出ないんだ」

いや、それだけでは無かった。

「そのね、不意に思ったんだ。今なら俺、菓子作りを止《や》められるかもしれないって。いや考えたら、昨日も今日も、全く作っちゃいないんだよ」

なのに、何とかして作りたいという気持ちが湧《わ》いてこない。砂糖を若だんなに返し、己で練習するのを止めてしまったら、今度は何時《いつ》菓子を作ることになるのか知れたものではない。今、菓子を作る板間に、入る事すら許されていないからだ。店の職人から、栄吉が菓子を作ったら砂糖が勿体《もったい》ないと、言われたからだ。

だから。

「ふっと、思ったんだ。俺はいい加減、先々を思案した方がいいんじゃないかって」

常に他の者達から言われてきたことであった。今ならまだ、何か食べていけるだけの仕事を、身につけられるかもしれない。いや、早く仕事を替えないと、そういうものを一つも習得できぬままに歳《とし》をくってしまう。

「俺はその事の方が怖くなってきてるんだ」

言葉を吐き出して黙った。若だんなが眉根を寄せたまま、湯飲みを手に取る。

「急な話だね、どうしてだい？　栄吉は今までだってあれこれ言われてきた。でも菓子作りが好きだという気持ちは、捨てなかったのに」

「それは、その……」

言いにくい事であった。しかし一太郎に、黙っていることも出来ない。

「一太郎、さっき、忠次さんが店に帰ってきたと言っただろう？」

そして人が余り、栄吉が板間から外れることとなった。

「それは仕方のない事かもしれない。場所は足りないし、俺は下手だしな」

だが。だが忠次が帰ってきた時、板間から外されなかった者がいた。そしてその事の意味が分かった時、栄吉は愕然《がくぜん》としたのだ。そう、砂糖はもう要らないと思えたのは、あの時だという気がしている。

「栄吉、それは誰？」

「つまりさ、八助だよ」

「八助って、あの彦丸とかいう友達と一緒に倉の前にいた、あのお人だよね。彦丸さんとやらは確か、私と佐助が安野屋の者でも、出入りの商人でもないと知っていた人だよな」

若だんなが、何か含むところがあるような口ぶりで言う。そう言えば何か妙だったなとは思ったものの、今栄吉は他の話をするより、一気に心の内を吐き出してしまいたかった。

「八助は、安野屋に来てからまだいくらも経っちゃあいない奴《やつ》だ。つまり菓子作りを始めたのは、つい最近なんだよ」

それだけではない。八助は友を勝手に店へ入れたりして、どうも真面目ではないところが見えてきてもいた。元々安野屋へ盗みに入ってきた盗人《ぬすっと》だった八助は、何とも尻《しり》が落ち着かない。

それでも、八助は菓子作りの一員に残された。栄吉は板間からはじき出されたのだ。栄吉では力不足だと、頰をはられた思いがした。

「だけどそれは努力が足りなかったからじゃない。それだけは一太郎も、認めてくれるだろう？」

栄吉の言葉を聞き、一太郎は頷《うなず》いている。栄吉が今まで山ほど笑われながらも、ひたすらに菓子を作り続けてきたことを、一太郎は知っているのだ。

「ということは、これからも努力を続けたって、無駄かもしれない」

そう思い至ってしまった。もういい加減にしろと、神仏に言われた気がした。だから。

「何だか力が総身から、抜けてきちまって」

まだまだ何年も、修業を続けるつもりでいた気持ちが、己でも驚くほどしぼみ、菓子を作る気にもなれなくなった。その内一太郎から貰《もら》った砂糖が気になってきたが、使うことも捨てることも出来ない。昨日の昼餉《ひるげ》どき、どうしようかと漏らしたら、今朝方八助が声をかけてきたのだ。

「八助は新米の己の方が板間に残ったのを、申し訳ないと言ったのさ」

そして、一太郎のところへ行きたいなら、今日は倉への荷運びを八助が引き受ける。だから番頭に、断りを入れろと言ってくれた。店が忙しい時故、栄吉は一旦《いったん》断ろうとしたが……急に休みたくなったのだ。

栄吉がいなくとも店は回ってゆく。八助だとて一日くらいいなくとも、何とかなるだろう。だから店を休んできた。

「本当に俺、これで菓子作りを止めるのかなぁ」

己の口から、まるで他人事《ひとごと》を語るような言葉が漏れ出てくる。そんなことを言っても、驚かない己がいた。その言葉を聞いても、今は止めもしない親友が目の前にいた。

「最後に作った菓子って、何だったんだろう」

考えても、栄吉には直《す》ぐに思い浮かばなかった。今回が最後だと気張って作った、一世一代の菓子じゃあ無かった事だけは確かだ。溜め息が出てくる。

「畜生……」

気が付くと、そんな言葉を口にしていた。

「どうして、何でおれは八助みたいに、器用じゃなかったんだ」

餡子《あんこ》を作るのが下手でも、他にもっと使えるところがあったら、板間から出される事は無かったかもしれない。

「畜生……」

いや、それ位では栄吉が三春屋を背負うのは難しい。やはり餡子が上手《うま》く作れないのでは、一人前の菓子職人にはなれない。元から駄目な話だったのかとさえ思えてくる。

「何でだよ」

どうして菓子屋に生まれたのに、ここまで向いていないのだ？　いや生まれというより、菓子作りは栄吉がやりたい夢であった。なのに、いかに必死になっても、どうにもならない。努力が、気持ちが、見事なばかりに空回りしていく。

「畜生……」

今更落ち込むなんて、笑えるような話だと思う。さんざん粘って、あれこれやったあげくのことだ。そしてついに、もう耐えられなくなったのだから。

「もう、もう駄目なんだよ」

言葉が口からこぼれ出る。

「駄目なんだ。どうしてだ。何で不味《まず》いんだ？　駄目だ。駄目、駄目、駄目！　駄目で駄目でだめだめだめ……」

何を言っているのか分からぬ程に、繰り返していた。息が苦しくなってくる。期待をかけてくれている親に、申し訳ない。己が情けない。気が付けば涙が頬を流れ、畳に両の手をついていた。このままでは死んでしまうと思った。息が、止まる。

ずっとずっと、年寄りになるまでずっと、菓子職人を目指し続けていくことなど、出来ないではないか。誰も栄吉を食わしてはくれないのだ。なれる当てのないものを、ただ追いかけていく事が辛《つら》い。息も出来ない程、辛い。

「畜生……」

段々声が嗄《か》れてきて、畳に突っ伏した。涙がまだ流れている。総身が震え続けている。

（ち、く、しょう……）

一太郎がこの姿を、じっと見ているのが分かった。

友は栄吉に、何も問わなかった。そして、もう十分泣いただろうなどと言って、嘆くのを止めることもしなかった。だから栄吉は顔も上げられぬ思いに囚《とら》われたまま、随分と長く、そのままひたすらに、畳に突っ伏したままでいた。

泣いた。

6

長崎屋から帰った後、栄吉は己でも奇妙に思えるほど落ち着いていた。もう菓子職人になる事は諦《あきら》めるのだと腹をくくると、涙は、するりと空の上にでも消えたようであった。

もっとも、爽《さわ》やかな気分とはいえない。これから、栄吉を置いてくれた安野屋の虎三郎や、三春屋との間に入ってくれた恩人や、それに父や若だんなにも、一度きっちりと頭を下げなくてはいけなかった。

それと共に、己の先々の仕事のことも、考えなくてはならない。何をしたらいいものやら、とんと分からないときていた。

（やれやれ。物事を一つ変えようとするだけで、何と大変なことだ）

とにかく今しばらく安野屋は忙しい故《ゆえ》、栄吉は発句の会が終わってから、店を辞める事に決めた。しかしそうなると、菓子職人として板間に入れないことが、却《かえ》ってありがたい。

（もう、菓子は作らない）

栄吉はそう、思い定めていた。

倉や店奥で働いていると、息抜きの為か、八助が時々例の彦丸と店の裏手で会っているのを見かけたりした。そんな時はおくみが嬉《うれ》しげな顔付きをして、姿を現した。

（おくみさん、相変わらず可愛《かわい》いなぁ）

しかし、今の栄吉とは縁のなくなった娘御だと思う。修業半ばで安野屋を辞めていく男など、おくみの父米造が、いい顔を向ける相手ではなかった。

（とにかく、もう少しで安野屋ともお別れだ）

栄吉は奉公人達が寝泊まりしている部屋の隅で、親や虎三郎旦那《だんな》に、詫《わ》び状を書き始めていた。勿論《もちろん》目の前で頭を下げ、直に詫びを言うつもりではある。だがその場では、早々に修業を止めてしまう事について、ひたすら謝るだけになりかねない。心の内を分かって貰いたかった。そしてその後栄吉は、一旦三春屋へ帰ることになると思う。その時が、長かった餡子との闘いの日の終わりなのだ。

（その後の仕事、どうしようか）

昼時、栄吉が倉内で粉の袋を確認しつつ、そんなことを考えているとき、八助が戸口から顔を覗《のぞ》かせてきた。

「おう、今日彦丸さんは来てないのか？」

最近よく顔を見ると言うと、八助は寸の間目を見張る。だが首を振ると、八助は栄吉に、八百屋へ使いに出てはくれぬかと言って、金と書き付けを取り出した。今、手の空いた小僧が、いないのだそうだ。

「ああ、切れた粉があるのか」

振り売りは商っていないが、一軒店を構えた江戸の八百屋では、種々の粉を売っている。

「分かった。直ぐに行ってくる」

以前であれば、新入りの八助に命令されているようで、こういう使いは面白く無かったに違いないと思い、少し笑った。倉の戸締まりを八助に頼み、小走りに表通りに出る。

だが。

少し道を行ったところで、栄吉は足を止めた。確認の為《ため》に渡された書き付けを見てみると、かなり多くの品数が書いてあったのだ。

「何で急に、こんなに沢山要るんだ？」

しかも書き付けには、近在の店で買えぬ時、離れた場所にある八百屋の大店《おおだな》まで買いに行って欲しいとも書き添えてある。

「こいつはどうやっても、買うのに大分時がかかりそうじゃないか」

八百屋の大店は日本橋を渡った南にあって、栄吉は三春屋や長崎屋のことを思い出す。ちょいと使いに行くというには、随分と離れている八百屋であった。

「どうしてこんなに細々……」

栄吉は眉《まゆ》を顰《ひそ》めた。たかが粉を買いにいくだけの事なのに、足が先へと向かわない。

「どうして」

もう一度、手の中の書き付けを見た後、若だんなの顔を思い出す。先に己の思いの丈を話したとき、若だんなの言っていた言葉が、不意に頭に浮かんできていた。

栄吉が安野屋へ戻ったとき、店奥の倉の前に、大八車が置かれていた。その上に荷を運んでいた小僧が栄吉の顔を見て、笑いかけてくる。

「栄吉さん、直ぐに砂糖は全部運び出しますよ。確か、和三盆《わさんぼん》も載せるんですよね？」

「えっ……？」

「あの、入荷した砂糖の種類が間違ってたんでしょう。取り替えに行くんですよね？」

驚いた顔をしたからだろう、小僧が不安げな顔付きとなってこちらを見てくる。倉に目を向けてから、栄吉は問うた。

「誰がお前さんに、砂糖を倉から運び出せと言ったんだい？」

「それは……八助さんですが」

寸の間、栄吉は強く目をつぶった。目の裏に浮かんだのは、時々店にやってくる彦丸の姿であった。板間で使うからと言って、今まで何度も砂糖を、倉から出していった八助の背であった。

その時当の八助が、砂糖の包みを抱え倉から出てきた。倉の前で二人の目が合った。

「おや、こりゃ、栄吉さんだよ。随分と早いお帰りですね」

頼んだ物がこんなに早く、全《すべ》て手にはいるとは凄《すご》いと、八助はちょいと口を歪《ゆが》めて言う。栄吉はそれに答えず、大八車を指さした。

「こいつを何処《どこ》に運ぶつもりだったんだ？」

大事な砂糖ではないか。発句の会の菓子に使うのだから、直ぐにも要りようになるものを、どうして倉から出すのだ？　するとここで八助は、思わぬことを言い出した。

「なんだい、品が違うから返すと言ったのは、栄吉さん、お前さんじゃないか」

「う、嘘《うそ》を言うなっ」

思わぬ言われように、血が頭に上る。

「八助、やっぱりお前、何か妙な事をしてるだろ。あの買い物の書き付け、変だったよ」

「買い物の書き付け？　何のことかなぁ」

かっとなった。思い切り殴りかかると、八助は身軽に殴り返してくる。小僧が悲鳴を上げ逃げだした。すると八助はその姿を目に留めてから、小声で思わぬことを言い出した。

「なあ栄吉さん、見逃しなよ。あんたはもうこの店を辞める気なんだろう？　旦那様に、詫び状を書いてたじゃないか」

どうせ辞める気なら手違いで、砂糖の仕入れの数を間違えた事にして欲しい。その責めを負って辞めると言えば、虎三郎はそれ以上、栄吉を追及しないだろうと言うのだ。

「そうしたら、この砂糖を売っぱらえる。お前さんには代金の、三割をやろう」

けちって半分と言わなかったのではない。残りの内半分は彦丸の取り分だと、八助は言い出した。

「彦丸！　あいつやっぱり、盗人《ぬすっと》の片棒担《かたぼうかつ》ぎだったのか！」

どうにも派手な男だったと言うと、八助が笑っている。

「おくみさんには、彦丸はいい男に見えたみたいだがねぇ」

唇を嚙《か》みつつ、思い切り八助の足を引っかけた。二人で地面に転がる。だが若だんなよりも年下なくせに、八助は手強《てごわ》かった。

殴った、殴り返された。唇が切れる。相手に嚙みついた。わめき散らす。腹を、思い切り蹴《け》り飛ばされた。「げほっ」思わずうずくまった。

(負けちまうっ)

そう思った途端、栄吉と八助は頭から水を被《かぶ》っていた。

「う、へっ」

泥と化した地べたに座り込んだ時、周りを安野屋の奉公人達に囲まれていた。さっきの小僧が、急いで皆を呼んできたに違いない。

虎三郎がずいと前に出て、何があったのかと二人に問う。すると八助が先に栄吉を指さし、思わぬ事を言った。

「栄吉さんが、仕入れに手違いがあったんで、砂糖を取り替えると言ったんです。だからあっしは、荷を大八車に運んでいたんです。そうしたら急にあっしを砂糖盗人だと言って、こいつが殴りかかって来たんですよ」

きっと栄吉は、己が外された菓子作りの場に、八助が加わっていることを、妬《ねた》んでいたに違いない。それで八助を貶《おとし》める機会を探していたのだろうと、そう言い出したのだ。

この言葉に、栄吉が嚙みついた。

「俺を使いに出して、その間にお前が、砂糖を盗んでいたんじゃないか。俺が早々に帰ってきたんで、計画が狂ったんだ!」

「嘘を言うなっ」

二人が互いに貶めあったものだから、安野屋の皆はいささか呆然《ぼうぜん》としていた。ここで主《あるじ》の虎三郎が前に出て、二人を見下ろしてくる。

「さて二人は、全く違う話をしているな。どちらかが、嘘をついている訳だ」

するとここで八助が、哀れっぽく虎三郎に泣きつく。

「まさか、以前あっしが砂糖をちょろまかそうとしたから、今回も疑われるなんてことは、ないですよね？　栄吉はあのことを、利用しているんです」

対して栄吉は虎三郎に、八助は彦丸と組み、砂糖を盗み出そうとしているのだと訴えた。その証拠に、この安野屋で若だんなと初めて会った彦丸が、妙な事を言ったことをあげた。

「彦丸はあの日、初めてこの店に来たはずでした。たまたま居合わせた若だんなとも初対面だったのに、若だんながこの店の者では無いと、知ってたんですよ」

彦丸は前々から安野屋を探っていたのだと言うと、虎三郎は腕を組んで唸《うな》る。

「そうかもしれんが……長崎屋の若だんなは、立派な身なりをしているからな」

とても奉公人には見えなかったのだろうと、首を振っている。さっと笑みを浮かべた八助を見て、栄吉は慌《あわ》てて付け足した。

「それだけじゃありません。そう……そうだ、帳面を見て下さい」

「帳面？」

栄吉は倉を指さした。倉内の柱にかけてある、荷の出し入れを書き付けた帳面を、確かめてくれと言い出したのだ。

「彦丸は、何回も安野屋へ来ていたんです。昼間っから仕事もせず、ただ喋《しゃべ》りに来たとは思えない。多分八助と組んで、何か倉から持ち出していたんじゃないかと」

「ふざけるなよ、栄吉。倉には鍵《かぎ》が掛かってる。俺に開けられる訳はないんだぞ」

「八助、お前さんはこっそりと荷を盗む必要なんか、無かったんだ。だってお前は職人だ。板間で菓子を作ってるんだから」

菓子作りに必要だから、取ってこいと言われたと言えばいい。堂々と書き付けに記して、荷を持ち出す事が出来たのだ。その品をこっそり彦丸に渡したに違いない。

「だけど、板間で使う砂糖の量を決めるのは、八助じゃない。親方、帳面を見て、八助が持ち出した量がおかしくないか、確認して下さい」

栄吉がそう言うと、番頭の米造が動いた。倉の鍵を取り出し開けようとする。

途端！　しゃがみ込んでいた八助が、素早く立ち上がった。そして驚いた皆が動く前に、飛ぶように逃げ出したのだ。あっと思った時には奉公人の輪をすり抜け、大通りへ抜ける木戸へと迫っていた。

「逃げたっ」「止めろっ」声が上がったが間に合わない。その時。

「ぎっ」と短い声を上げ、八助が地面に転がったのだ。栄吉が驚いて見つめると、菓子作りに使う大きなのし棒が、八助の隣に転がっている。

「へ？　誰が……」

「旦那様、大事な仕事道具を、飛び道具にしちゃあいけませんよ」

ここで倉の前にいた米造が、振り返って主を叱《しか》った。虎三郎が「へへへ」と笑っている。直《す》ぐに奉公人らが、八助を捕らえにかかった。

「可哀想《かわいそう》な奴《やつ》だ。上手《うま》い職人になれるかと思ったのに、盗人から抜けられなかったか」

虎三郎は首を振りつつ、手ぬぐいを栄吉に差し出してきた。とにかく疑いは晴れたと、寸の間ほっとしたような気持ちになる。

だがその時倉の中から米造の、悲鳴のような声が聞こえて飛び上がった。皆が顔を見合わせ、安野屋の庭にまた緊張が走る。虎三郎が倉内へ駆け込んだ。

直ぐに悲鳴の元が分かった。八助は既にもうごっそりと、砂糖を盗み出していたのだ。

7

それから己がいかに動いたか、栄吉はよく覚えていない。とにかく、目の前に迫った発句の会へちゃんと菓子を納品するため、安野屋は一丸となって動いた。その一員として栄吉も、目一杯走り回っていたのだ。

足りなくなった砂糖は、勿論虎三郎や米造が、取引先から掻《か》き集めた。だがいつもの店からは、すでに無理を言って荷を融通して貰《もら》っていた。その後だけに量が足りなかった。何としても足りなかった。

それで栄吉が、長崎屋へと走ったのだ。

無理を承知だと言って、若だんなに頭を下げた。前に砂糖を突っ返した者が、何を今更とは思ったが、とにかく上物の砂糖を急に頼める相手は、若だんなしかいなかったのだ。

すると若だんなは、というか、若だんなに頼まれた仁吉は、あっさりと種々の砂糖を揃《そろ》えてくれた。どういう訳だか二人は、笑いを浮かべていたように思う。

(と、とにかく砂糖は何とかなった!)

ほっとしたのはいいが、問題は更に残っていた。虎三郎達が余分な仕事に時を割かれたおかげで予定が狂い、菓子作りの方が一層大変なことになってしまったのだ。

「間に合うかねえ」

そう言いつつ寝る間も惜しんで、大松も忠次も働いている。するとこの時虎三郎が、栄吉に声をかけてきたのだ。

「時も人手も足りなくなった。栄吉、もう一度、板間に入るか？」

栄吉は思わず主の顔を見た。それから詫《わ》び状を入れた胸元へ、思わず手をやった。板間へ目をやれば、見慣れた木鉢が置いてある。

栄吉は、若だんなの前で身も世もなく大泣きした、あの時のことを思い出していた。


「それで栄吉、どうすることにしたんだい？」

しばらく後、安野屋へ顔を出した若だんなが、栄吉にこう尋ねていた。

発句の会が終わった後、安野屋では砂糖がすっからかんになったので、長崎屋が倉へ新たな上物の砂糖を運んできたのだ。

その荷にくっついてきたはいいが、病弱な若だんなは、荷運びなどさせて貰えない。仁吉は砂糖を運んでいる間、話でもしていて下さいと言って、若だんなを栄吉のところへ押しつけたのだ。

若だんなは栄吉の様子が気になっていたのか、この時ばかりは文句も言わず、安野屋の板間で栄吉の横に座り込む。栄吉は仕事中だと言って、黄色く色づけしそぼろにした餡《あん》を練りきりの真ん中に載せつつ、若だんなと話した。

「どうするって、何をだい？」

問い返すと、若だんなが声を潜めてくる。

「だから、先に言ってた話だよ。その、もう……今と同じ事はしちゃおれないと、あんなに言い切ってたじゃないか」

だが栄吉は今、菓子を作っている。若だんなが首を傾《かし》げるのは、もっともであった。

「ああ、確かにそうだったな」

そう返事をした途端、栄吉は己の顔が熱くなってくるのを感じた。きっと、赤くなったに違いない。

だが余分なことを言わず、栄吉の言葉を聞いてくれた若だんなには、ちゃんと言っておかねばならないことがあった。栄吉は仕事をしながら、ぼそぼそと小声で話し始めた。

「今回は一太郎に、色々迷惑をかけたな」

でも幾つもの大波を乗り越え騒ぎが収まった今、栄吉には分かったことがあったのだ。己の菓子作りの腕は、情けないものであった。身に染《し》みた。

しかし。

「しかし、なんだい」

慎重に黄色い餡を載せ終えると、栄吉は若だんなの方を向く。それからかなり気恥ずかしい中、一番言いにくいことを友に白状した。

「気が付いたら俺、また菓子を作ってたんだよ」

騒動が起こったせいで、菓子作りの手が足りなくなった。そうしたら思わぬ事に、虎三郎からまた板間に入って、菓子を作ってもいいと言われたのだ。

「そうしたら……俺は性懲《しょうこ》りもなく、菓子に手を出してたんだ」

迷いが無かった。あれほど嘆き涙さえ流した事を、己は覚えていないのかと思った。だが。気が付いたら菓子鉢を手にしていた。

「餅《もち》を手に載せたら、嬉《うれ》しかったんだよ。饅頭《まんじゅう》を丸めだした時には、もう夢中になってた」

己でも、その気持ちに呆《あき》れていた。そして栄吉はその時、分かった事があったのだ。

「俺は下手だ。本当に下手だ。それは、嫌と言うほど分かってる」

でも、菓子を作るのを、止《や》められないと思う。

だから、人からいかに悪《あ》し様《ざま》に言われようが、菓子作りを止めない。もし三春屋を継いでも、買いに来てくれる客がいるかどうかは分からないが、止めない。食って行くためには他に仕事を持ち、菓子は趣味のようにして作るしかないかもしれない。

それでも栄吉は一生菓子を作っていくだろうと、己で確信を持ったのだ。

「あれ程はっきり辞めると言ったんだ。なのに前言を翻《ひるがえ》すのは、あんまり格好の良いことじゃない。だけどそもそもこの俺が、菓子作りで格好を付けたって始まらないしな」

だから！　置いて貰える内は、この安野屋で修業を続ける事にしたと、栄吉ははっきり、若だんなに言った。

するとその時、二人の横から声がかかった。見ればそこにいたのは、主の虎三郎であった。

「なんだい、栄吉ときたら、辞めたいと思っていたのか」

栄吉と若だんなが、思わず顔を見合わせて黙りこむ。虎三郎はにっと笑うと、言葉を続けた。

「栄吉、お客さんは、美味《うま》いと思って気に入った菓子を、贔屓《ひいき》にしてくれるんだ。職人が、修業何年目でその菓子を作れるようになったかなんて、誰も気にしちゃいねえよ」

才ある者が三月で作れるようになったものを、三年で習得しても、客は文句を言わない。買った菓子が美味《おい》しければ良い事だからだ。それにと言い、虎三郎は栄吉を見る。

「何事に付け、やり続ける事が出来ると言うのも、確かに才の一つに違いないんだ。お前さんには、その才がある」

八助は諸事、器用にこなしていた。だがそれだけに達成感がなかったのか、菓子作りに面白みを感じられなかったのだろう。あげく盗みを止められず、八助は番屋の世話になってしまった。もう菓子を作る事もないに違いない。

「結局、修業の先にある菓子作りの面白みを知るのは、お前さんの方かもしれねえなぁ」

そう言ってぽんと背を叩《たた》き、虎三郎は栄吉の側《そば》を離れた。栄吉の作業の手が止まっていた。見れば目の前で、若だんなが優しく笑っている。

栄吉は今まで、たとえ僅《わず》かでも才があるなどと言われたことが無かった。生まれて初めての言葉に、何だか無性に、涙が出るほどに気恥ずかしくなった。どうしたらいいかすら分からず、おろおろとする。気が付けば、涙すら出そうになってきたではないか！

思わず、横にあった木鉢を握りしめた。

中からは甘い、餡子の残り香がした。

ひなのちよがみ

1

江戸は通町《とおりちょう》にある大店《おおだな》、廻船問屋《かいせんどんや》兼薬種《やくしゅ》問屋の長崎屋は、昼前からざわめきに包まれていた。

長崎屋の若だんな一太郎《いちたろう》の所に、若い娘が訪ねてきたのだ。蝶《ちょう》づくしの振《ふ》り袖《そで》に、輪違七宝柄《わちがいしっぽうがら》の帯を締めた姿は、優しそうで大層可愛《かわい》い。着ている着物や髪型からして、裕福な商人の娘御らしいのだが、長崎屋では誰もその顔に見覚えが無かった。

だが娘の方は若だんなと知り合いらしく、気軽な様子で会いたいと告げると、さっさと奥へ入ってしまった。

余りに慣れた様子であったので、気が付いた時には、誰もが娘の名を聞きそびれていた。当人から名乗る事もない上、改めて名は聞きづらく、皆顔を見合わせるばかりだ。長崎屋の奥では、女中に下男、それに手の空いた小僧や手代達までが、台所の板間に集まって憶測を言い合うこととなった。

「ねえ、誰なんだろうね。可愛い娘さんだよ。ねえ、おくまさん」

若だんなの乳母《ばあ》やにして、女中頭のおくまは娘がいる奥座敷へ顔を向ける。

「十五、六ってところかしら。あれま、ぼっちゃんと似合いの歳《とし》だねえ」

「しかし見たことがない娘さんです。近所のお店のお嬢さんなら、店表のお掃除をするときに、ご挨拶《あいさつ》くらいするんですが」

小僧頭の久太がそう言えば、女中のおとくも首を傾《かし》げる。

「上方《かみがた》からでも、おいでになった方とか。あらでも、なまりは感じなかったわねえ」

さて、あの娘はどこの家のお嬢さんなのか、そして若だんなに何の用があるのかと、皆は何故《なぜ》だか声をひそめて話す。この時女中のおさえが、急ににこりとした。

「ねえ、もしかしたらお見合いかしら。旦那《だんな》様がそれとなく、知り合いのお嬢さんをお呼びになったのかも」

娘は、若だんなの嫁候補かもしれぬと言うのだ。

「えっ、本当かい？」

へえええっ、とか、いやそうかも知れぬとか、台所が興奮で沸き立つ。しかしこの時、いかにも残念そうな声が板間の中でした。

「可愛い娘だよねえ。でも残念、見合いじゃあ無いんだ」

「あら、どうして分かるんで……ひゃあっ」

質問を途中で切って悲鳴を上げたのは、おくまであった。おくまの横にいたのは、何と長崎屋の主《あるじ》にして、若だんなの父である藤兵衛《とうべえ》であったのだ。いつのまにか皆に交じって、噂話《うわさばなし》に興じていたらしい。

「旦那様。ということは、あの娘御のことは、旦那様もご存じでは無いのですね？」

ここで主に確認を入れたのは、廻船問屋の手代佐助《さすけ》であった。どうやら若だんなの兄《にい》やで、常にそばを離れない佐助も、知らぬ娘らしい。ということは、若だんなの知り合いであるとは、とても思えなかった。

「いくら若い娘御であっても、そんな名も分からない者を、若だんなに引き合わせる訳にはいきません」

こうなったら、どうして勝手に長崎屋へ入り込んで来たのか、それを聞かねばならない。佐助は、ぐっと顔付きを厳しくする。

するとき、その時であった。

「仁吉《にきち》、たまの外出くらい、いいじゃないか」

そう言いつつ、若だんなが部屋に近づいて来たのだ。朝餉《あさげ》を取った後、生まれて初めて梅を見に行きたいと言い出し、それを仁吉に止められていた。

「若だんなは病弱なんですよ。梅が咲いているような季節に花を見に行ったら、風邪をひきます。寝込みます。死んだらどうするんです？　旦那様がどうおっしゃろうと駄目ですよ」

仁吉がきっぱりと言い渡しても、若だんなは諦《あきら》めきれない。それで父藤兵衛に許しをもらおうと、平素藤兵衛が算盤《そろばん》を入れている奥の間へと急いでいるのだ。その姿を見て、慌《あわ》てて藤兵衛が声をかけた。

「一太郎、私はここにいるよ」

「若だんなっ、そっちの部屋には行かないで下さい。どうしてこんな時に限って、寝込んでないんですか」

いつもは若だんなの病を心配してばかりいる佐助が、妙なことを言いつつ、急いで後を追う。しかし若だんなはあっさりと襖《ふすま》を開けると、店奥の一間に入ってしまった。

すると、「あれっ」という大きな声がする。佐助や藤兵衛、店の者達が台所から飛んで行き、若だんなの背後に集まった。

　すると。

「あれまあ、お雛《ひな》さんじゃないですか」

　若だんなが可愛い娘に対し、そう言ったのだ。

「おっ、お雛さん？」

「紅白粉《べにおしろい》問屋一色屋のお嬢さん、お雛さん？」

　部屋の前に詰めかけた者達は、それきり声を失い、目を平素の二倍くらいに大きくして、呆然《ぼうぜん》と娘を見つめている。そんな中、若だんな一人が落ち着いて、笑いつつお雛に話しかけていた。

「あれ、何時《いつ》になく薄化粧ですねえ。とてもお似合いですよ」

「あら」

　そう言われて、お雛は嬉《うれ》しげに頰を染めた。黛《まゆずみ》と紅を軽く入れただけで、今日のお雛は、白粉を全く付けていなかったのだ。

　これは一大事であった！

　塗り壁妖怪《ようかい》の孫。いつも、倉の白壁もかくやと言うほどに、分厚く白粉を塗り立てていた故《ゆえ》、今までのお雛は陰でこっそりそう噂されていた。おかげで白粉の下の顔を、思い浮かべる事が出来ないほどであった。

それで桁外《けたはず》れに厚かったその白粉が顔から消えた途端、長崎屋の者は誰もお雛であることが分からなかったのだ。

「これはこれは。お雛さん、今日は一段とかわいいですね」

部屋へ入った藤兵衛が、笑って挨拶をすると、お雛も屈託無く笑顔を返す。他の者達はわれに返った顔付きで、一斉に頭を下げると、それぞれの持ち場へと戻ることとなった。さっそく噂話をする小声が、廊下の向こうへと消えて行く。

「ところでお雛さん、今日はおたえのいる居間ではなく、廻船問屋の方へわざわざ来られた。どうなすったんですか？」

ここで藤兵衛が、いつもと変わらぬ調子でお雛に問いかける。おかげで若だんなは、梅見がしたいと言い出す機会を、逃してしまった。

化粧を変えた訳は聞かれず、いきなり訪問の理由を問われたせいだろうか、お雛は真剣な様子で手を握りしめ、姿勢を正した。

「あの、ですね」

若だんなと藤兵衛の顔を交互に見つめてから、お雛は意を決したように言う。

「あの、ご存じのことと思いますが、私の家一色屋も、先日の火事で貰《もら》い火《び》をしまして」

長崎屋をも巻き込んだその大火は、一帯の店を火の中に飲み込んだのだ。紅白粉問屋一色屋も、倉一つを残し燃えてしまっていた。

「火事の後、何とか店を建て直すことは出来ました。それは嬉しいことだったのですが……その、うちは長崎屋さん程には、裕福ではございません」

こうして厚化粧を止《や》めたのは、そんなことをしている余裕が無くなったからだと、お雛は口にした。

「正直に申します。このままの状態で取り立てが来る年末を迎えたら、一色屋はどうなってしまうか分からないんです」

倉は残ったものの店に出してあった商売物は、店ごと焼けてしまい、新たに商売を始めるまで、暫《しばら》く休業を余儀なくされたからだ。

何とか、商いを建て直さねばならなかった。今までよりも一層稼がねば危ないのだ。しかし祖父母はもう高齢で、こちらも歳《とし》を取ってきた番頭と共に、店を元の様子に戻すだけで手一杯であった。

「ですから私、決めたんです。これからは私も商いをして、一色屋を支えていこうって」

最初この決意を言ったとき、女である故、祖父に反対されるかと思ったと、お雛は言う。

「でも驚いたことに、祖父は喜んだんですよ」

お雛にはその内、正三郎という婿《むこ》が来る事に決まっている。しかし血の繋《つな》がった孫娘が商売に明るければ、何かと安心だと祖父は言ったのだ。

「そりゃあ家付き娘は、お雛さんの方ですからね」

ここで佐助が頷《うなず》いた。お雛がしっかり者であれば、入り婿の商売が下手であった場合、お雛が店の手綱を握ることが出来る。それに、いざ婿と縁を切りたいと思った時も、商いが分からないからと躊躇《ためら》わずに済む。

「これ、婚礼前から、何て事を言うんだい」

若だんなが慌てて佐助をたしなめる。だがお雛は苦笑を浮かべていた。

「実は祖父も、似たようなことを申しました」

今の一色屋には、婚礼をあげる余裕すら無いのにと、お雛が笑う。既に息子夫婦を亡《な》くしている一色屋夫婦は、残されたたった一人の孫娘の先々を、心底心配しているのだ。

とにかくお雛は、傾いた店の梃子《てこ》入れを任されることとなった。商品を売り出し、底をついた蓄えを増やしたい。その為《ため》にはどうしたらいいか。

「実は一つ、考えついたことがありまして」

それで、長崎屋に相談に乗って欲しいことが出来たと、お雛が切り出してきた。藤兵衛と若だんなが、目を見交わす。

「ほう、お雛さんは、商売のお話においででしたか。何でしょう」

紅白粉問屋と廻船問屋兼薬種問屋は、一見関係が薄そうだ。しかしお雛には、別の考えがあるらしく、懐《ふところ》からある袋を取り出して二人に見せる。

「おや、可愛い柄ですね」

若だんなが思わず手に取ったその品は、千代紙と白い紙を幾つか張り合わせ、一つの袋に作ってあった。お雛が身を乗り出し説明をする。

「私、この袋の中に白粉入りの小袋を入れて、売り出そうと思っているんです」

白粉を買うのは女だ。勿論《もちろん》品自体が良い物を欲しがるだろうが、見た目の可愛いさも大切だと、お雛は思うのだ。

「それに、物を多く売るには、話題となることも大事じゃないでしょうか」

「話題、ですか」

「この袋、月によって柄を変えようと思ってます。それなら、今月の白粉袋は可愛いとか、女同士の話の元に出来るでしょう？」

話題に出れば、それが白粉の噂、引き札代わりとなる。さらに糊《のり》で留めてある袋は、上手に開けば包み紙として、また利用出来る作りにしてあった。そうしておけば、白粉を使った後、あっさりと紙売りに売られたりはしない。そして紙にはちゃんと、一色屋の名を書いておくつもりであった。

「ああ、いいですね」

若だんなが笑って、仁吉達に袋を見せる。手代達も揃《そろ》って、良い思いつきだと言い頷いている。だがここでお雛が、「でも」と言い、言葉を継いだ。

「実はこの話には、問題もありまして。一色屋に、袋用の紙を納めてくれているお店には、千代紙が無いんですよ」

僅《わず》かな枚数であれば、小売りをする店でも買えるが、やはり商売で長く使うなら、きちんと仕入れをしたい。しかし取引先に他の紙屋を紹介してくれと頼んでも、千代紙を扱う所は知らぬと断られたのだ。

別の店から物を買うと言われたのが、面白く無かったのやもしれない。やはり商売は簡単にはいかぬと、お雛は小さく息を吐く。

「それで、ひょっとして長崎屋さんで、千代紙を扱うことが出来ないかと思いまして」

廻船問屋は、それは多くの品物を扱う。お雛は長崎屋ならばと思いつき、やって来たらしかった。しかしこの話には、藤兵衛も手代達も苦笑を浮かべる。

「さすがに千代紙は、扱っておりませんな」

わざわざ船で遠方より運ぶ品物は、船賃を上乗せしても商いになるような、高直《こうじき》な物が多いのだ。お雛の顔が畳の方を向くと、藤兵衛がお雛に笑いかける。

「千代紙は、錦絵《にしきえ》や団扇《うちわ》を商う店が扱う品なんですよ。それで紙問屋さんには、無かったのでしょう」

知り合いの錦絵屋があるから、紹介しようと藤兵衛が請け合った。

「あ、ありがとうございます」

お雛が笑みを浮かべ、両の手を畳について深く頭を下げる。その様子を見て、お雛さんは本当に変わったと、藤兵衛がしみじみと言った。若い娘はうわべの化粧だけでなく、中身も別になってきていた。

「これなら中屋の正三郎さんのじゃなく、うちの一太郎の嫁に来て頂くんだったね」

「おとっつぁん、お雛さんの連れ合いは、養子に行かなきゃ駄目なんですよ」

「ああ、そうだった」

それじゃ駄目だねと、藤兵衛が暢気《のんき》なことを言っている。そしてここで若だんなの顔を見て、にっと大きく笑った。

「しかし正直な話、今日一番驚いたのは、一太郎があっさりと、お雛さんのことが分かったことだよ」

それを聞いてお雛も、小さく舌を出して頷いた。今までそんな人は何人もいなかったと白状する。お雛は白粉を取ったことで、色々言われたようであった。

「あのぉ、私は何となく、すぐに分かりましたが」

そう言った時、ふと若だんなが廊下に顔を向ける。足音が部屋に近づいてきたのだ。じきに部屋の襖が開くと、若だんなの母、おたえがひょいと顔を出してきた。

「あのね、おくまが店奥にお客様がおいでだと言うのよ。だけど、どなたなのか名を言わないの。どうしてかしら」

そう言って部屋奥に目をやったおたえは、少し片眉《かたまゆ》を上げ、それからにこりと笑った。

「あら、お客様ってお雛ちゃんだったの。今日は於《お》りんちゃん、一緒ではないの？」

いつも連れてくる義理の姪《めい》がいないと、少し寂しいと笑いつつ、おたえはお雛が、いつもと違って店奥の部屋に来た訳を問う。

ここで藤兵衛が、一色屋と商売の話があったのだと話すと、あっさり領き、後でおかみの部屋にも寄るようお雛に声を掛けた。それから何事も無かったかのように、おたえは部屋から出て行ってしまう。

お雛が誰か直《す》ぐ分かったのに、おたえはお雛に、様子が変わったとも可愛《かわい》くなったとも言わなかった。ただ平素話していたように、にこやかに普通に話したのだ。

そんな応対は初めてだったらしく、お雛の方が却《かえ》って、寸の間驚いた顔をしていた。しかし直ぐに、またにこりと微笑《ほほえ》んだその目に、何故《なぜ》だか涙がにじんでいる。肩から力が抜けた、そんな感じであった。

「私、このままでやっていけそうです」

そしてもう一度深く頭を下げ、お雛は皆に礼を述べた。

2

それから三日間、長崎屋の母屋《おもや》はお雛の話題で持ちきりであった。

それは離れも同じで、若だんなと兄《にい》や二人だけが住んでいる筈《はず》の部屋は、終日大勢の声で騒がしい。兄や達に梅見を禁じられた若だんなは、少々しおれて大人しいのだが、その横で、楽しくお雛の噂《うわさ》をしている者達がいたのだ。

菓子鉢の周りに集まっているのは、長崎屋に巣くっている妖《あやかし》達であった。

長崎屋の先代当主、伊三郎《いさぶろう》の妻おぎんは、実は人ではなく大妖《たいよう》であった。故《ゆえ》に孫である若だんなは、病弱なだけの人として生まれてはいたが、唯一《ゆいいつ》妖を見ることだけは出来た。よって若だんなが暮らす長崎屋の離れには、いつも数多《あまた》の妖達が顔を出していたのだ。

「きゅわきゅわっ。お菓子、お雛、若だんな」

気前の良い若だんなが出してくれた、たっぷりの米饅頭《よねまんじゅう》と塩瀬の羊羹《ようかん》を前に、妖仲間は皆ご機嫌であった。

「お雛ちゃんはやはり、薄化粧が似合うわな」

屏風《びょうぶ》のぞきが何のつもりか自慢げに言えば、鈴彦姫《すずひこひめ》は、お雛が使っていた紅が欲しいと言い出す。

「あの器量なら、お雛ちゃんには言い寄る男の、二人や三人や四人、現れるだろうな」

いつの間にやら長崎屋に現れていた妖野寺坊《のでらぼう》が、羊羹を大ぶりに切っている。鳴家《やなり》がその端に手を掛け、一かけ取っては嬉《うれ》しそうに食べていた。

「きゅいきゅい。お雛ちゃん、於りんちゃんを連れて、今日も来る？」

於りんとは遊び仲間の鳴家が、若だんなの膝《ひざ》に乗って聞く。於りんは幼い故、人の目には見えぬ鳴家を、珍しくも見ることが出来るのだ。

「さて、どうかしらねぇ」

若だんなが首を傾《かし》げた時、母屋の方から二人分の足音が近づいて来た。妖達が、一斉に部屋から姿を消す。やって来た客は女中の案内も待たず、離れに上がり込んできた。

「おや、これはお久しぶり」

姿を見せた客人は、お雛の許嫁《いいなずけ》にして材木問屋中屋の弟、正三郎であった。以前会ったことがあるとはいえ、深川にある中屋から京橋に近い長崎屋まで正三郎がやってくるのは、まれなことであった。

「さて嬉しい」

若だんなが笑顔で、火鉢を挟んだ向かいに座った正三郎に、羊羹を勧める。だが正三郎は菓子に手を付けず、いきなり若だんなにしかめ面《つら》を向けてきたのだ。

「若だんな、三日前、お雛さんに錦絵屋を紹介したのは、若だんななんですか？」

突然の問いであった。何だか不機嫌な正三郎の様子に驚きつつ、若だんなが頷く。

すると正三郎が、語気を強めた。

「どうして、そんなことをしたんです？　錦絵屋の志乃屋《しのや》さんに、頼まれたんでしょうか」

「は？」

するとと部屋にいた仁吉が二人の間に割って入り、錦絵屋を紹介して欲しいと言ったのはお雛だと説明をする。うんうんと頷く若だんなに向かい、ならばどうして志乃屋に決めたのかと、正三郎は重ねて問うてくる。

ここで若だんなが、はっきりと首を傾げた。

「正三郎さん、志乃屋さんが一色屋さんに対し、何か不都合な取引でもしたのですか」

そうであっても紹介してもらった手前、お雛はそのことを長崎屋へは言い難いに違いない。それでお雛の許嫁である正三郎が長崎屋へ話しに来たのかと、若だんなは思ったのだ。

しかし、正三郎は首を振った。

「志乃屋さんは、きちんとした商いをしてくれているようです。お雛さんは千代紙を組み込んだ可愛い袋が出来たと、喜んでました」

試しに一品、白粉《おしろい》を入れて売りだしたところ、その品は良く売れたという。それで一色屋では、紅や黛《まゆずみ》なども、可愛い袋に入れて売ることを考え始めたと、正三郎は説明をする。一見全《すべ》ては順調であった。

しかし。しかし、なのだ。

「それでもあの錦絵屋は……気に入りませんね。どうして秀二郎《ひでじろう》さんは、ああもお雛さんに、ぴったりくっついているんでしょうか」

「は？　秀二郎さんて誰ですか？」

若だんなと仁吉が、顔を見合わせる。火鉢の向かいで、正三郎が顔を歪《ゆが》めた。

「若だんなは秀二郎さんと、会われたことが無いんですか？」

「志乃屋さんのご主人は、確か秀造《ひでぞう》さん。いつも商いで長崎屋へ来られるのは、跡取りの秀松《ひでまつ》さんです」

仁吉の言葉に、若だんなが頷く。正三郎によると、秀二郎というのは志乃屋の次男坊であるようだ。

「そういえば秀松さんが、そんな弟さんがおられると言ってらしたような」

長崎屋の取引先は多い。店に顔を見せないその家族のことを、失念していたと若だんなが言うと、正三郎は口を尖《とが》らせる。

すると若だんなに向けた、その顔付きが気に入らなかったのか、仁吉が目を半眼にして、火鉢の向こうにいる正三郎を見た。そしてふっと口元に笑いを浮かべる。

「おや、錦絵屋の秀二郎さんは、見てくれの良い御仁だと見えますな」

それを聞いた途端、正三郎は顔付きを険しくし、兄やと睨《にら》み合った。

「これ、お止《や》め」

若だんなが急いで仁吉を止めたその時、表からまた足音が近づいてきて部屋の外で止まる。

「あの、もうお一方、お客様がおいでなんですが」

佐助が客を案内してきたようだったが、正三郎が仁吉に吠《ほ》え、その声が届かない。

「秀二郎さんの顔のことなんか、お前さんには関係無いことだろう」

仁吉が言い返した。

「化粧を薄くしたお雛さんは、その名のように、人形のようにかわいらしい。男が放っちゃおきませんがねえ」

それで心配になったのかと言われて、正三郎が首筋から額まで、真っ赤になる。言い争いが終わらぬのを見て、若だんなが場を繕いにかかった。

「あの、ほら、廊下で佐助が困ってます。誰かお客人が来たみたいですよ」

しかし、沸いた湯のようになった正三郎は、仁吉を睨み付けることを止めない。

「分かったように言うなっ。大体若だんなが、志乃屋なんて錦絵屋を紹介しなきゃ、秀二郎なんて妙な男が、お雛さんの前に現れたりしなかったんだ」

「何ですって？　若だんなが悪いって言うんですか」

その言葉を聞き、仁吉が目をすっと細くする。兄やを相手にしたら、正三郎は間違いなく極薄の伸《の》し餅《もち》にされてしまう。若だんなは両の手を広げ、二人を止めにかかった。

ところが。

その時目の前で急に、正三郎がひっくり返ったではないか。部屋にあった菓子鉢が隅に転がり、落ちた菓子の幾つかは不思議なことに、暗がりに消えた。

「へっ？」

若だんなが目を見開いていた。間違いなく、まだ仁吉は手を出してはいない。よく見ると畳の上に、可愛い柄の提げ袋が転がっていた。堅そうな籐編《とうあ》み底の付いた袋が、正三郎の額を直撃したのだ。持ち主は誰かと、若だんながそろりと後ろを見る。すると障子が開いており、廊下に膝をついた佐助の横には、何とお雛が立っていた。

「あれま……いらっしゃい」

今日のお雛は、思い切り機嫌の悪そうな顔付きをして、畳の上に座り込んだ正三郎を見ていた。若だんなが部屋内に招いても、廊下に立ったままでいる。そしてじきに、正三郎を見据えて話し出したのだ。

「どうして？　正三郎さん、どういう訳で長崎屋さんに来たの？」

一色屋の女中達から、噂話を聞いたとお雛は口にした。取引先の錦絵屋のことが不満で、正三郎が長崎屋に文句を言いに行ったと、そんな奇妙な事を言う者がいたのだ。

「もし一色屋が今年の年末を越せたら、それは長崎屋さんのおかげです。なのにまさか、馬鹿《ばか》なことを言ってないわよね？」

正三郎が一寸《ちょっと》、そっぽを向く。途端、お雛が正三郎の前に飛んで行き膝をついた。

「私を信じていないのね。また厚塗りの化粧でもしろって言うの？」

「お、お雛さん、ちょいと落ち着いて……」

若だんながおろおろとして、止めに掛かる。だが、お雛の剣幕は収まるものではない。

（どうしようっ）

良かれと思って相談に乗った商売上の事が、思わぬ成り行きを引き起こしていた。

声と共に小さな拳《こぶし》を振り上げると、お雛は正三郎の胸元を叩《たた》いていたのだ。

3

逃げるわけにもいかず、止める事も出来ず、正三郎はお雛に叩かれるままになっている。若だんなが横から、慌《あわ》ててその手を押さえようとした時、それを仁吉が止めた。

「放っておきましょう。犬も喰わぬような喧嘩《けんか》ですよ、きっと」

「これが、夫婦がよくやるという『犬も喰わぬ喧嘩』なの？　へえええ」

ならば下手に口出しすると、両方から恨まれることになりそうだ。手を引っ込めた若だんなは、興味津々《しんしん》、お雛たちの様子を覗《のぞ》き込んだ。

何しろ若だんなの父藤兵衛は、母おたえにとことん惚《ほ》れていて、もし七色の猫を見たとおたえが言ったら、勿論《もちろん》そうだろうと頷《うなず》く人なのだ。若だんなは家の内で、夫婦の喧嘩というものを見たことが無かった。よって、二人の争いに驚いてしまったのだ。

その内腕が疲れたのか、お雛が腕を振り回すのを止めていく。仁吉がその機会を逃さず、二人にさっと茶を勧めた。

すると二人は一旦《いったん》、揃《そろ》って口をつぐんだ。しかしそれもつかの間、二人は若だんなの方を向くと、不満を言い合い始めたのだ。

「正三郎さんたら最近急に、私が外出をすることを嫌がり始めたんですよ。商売がやりにくいったら」

「あれま」

「だってその、いくら仕事だってさ。若い娘が出歩いて、ほいほい男と会うってぇのは、なぁ」

「はあ」

「以前は気にしなかったのに！　化粧をしていようといまいと、私の中身は変わっていないのよ。そうよね？」

「……そりゃ、まぁ」

　正三郎が同意して頷くまでに、少しばかり間があった。それで、またまたお雛が頬を膨らませることとなる。投げられたままになっていた紐《ひも》を手に取り、手提げを引き寄せたものだから、慌てて正三郎が謝った。しかしやはり互いに、すっきりとはしない顔付きをしている。

（やれ、どうしよう。ここで無理矢理収めても、こりゃきっと、後でまた喧嘩となる気がするよ）

　若だんなは困ってしまって、眉尻《まゆじり》を下げた。

するとここで、何故《なぜ》だか仁吉がにっと笑った。そして若だんなの向かいに座ると、ある問いをしてきたのだ。

「若だんな、今お雛さんたちは問題を抱えてますね。さて、それをどうやったら解決出来ると思いますか？」

何時《いつ》にない問いに、若だんなは驚き眉を上げる。仁吉は今まで、若だんなが疲れるからと言って、余所《よそ》で起きた件に関わるのを、嫌がっていたからだ。

「兄《にい》やが私に、何かをしなさいと言うなんて珍しいね」

「若だんな、仁吉は何も、若だんなに表へ出て事を解決しろと、言ってる訳じゃありませんよ」

ここで佐助が、横から若だんなに釘《くぎ》を刺してくる。

「仁吉は多分この問題で、若だんなに商いの鍛錬をしてもらうつもりなのでしょう」

「鍛錬て？」

すると仁吉が、思わぬことを言い出した。

「若だんなは先々、商売に問題が出たときなど、その対処法を考えねばならない立場となります。ですからそんな時の為《ため》の実践を、今から少しずつ積んでおいていただきたいんですよ」

「鍛錬はいいけれど……ねえ仁吉、これは、一色屋さんの大問題だよ」

その大事《おおごと》を、商いの練習代わりにするなど、お雛さんに対し悪いではないか。そう言うと、仁吉はにこりと笑みを浮かべた。

「若だんなが何を考えついたにしても、お雛さん達がそれを実際に行う必要は、勿論ありません」

しかし若だんなには真剣に、実際に行えるやり方を考えて欲しいという。その上で、仁吉や佐助が若だんなの先生役となって、その考えを判定するつもりだと分かった。

「でもねえ」

「若だんな、何かいい考えがありましたら聞かせて下さい。こちらは助かります」

ここで口を挟んだのは、真剣に困っている様子の正三郎であった。気が付くとお雛達は、思い掛けない若だんな達のやり取りを聞き、喧嘩を止めている。己達の諍《いさか》いの元を若だんなが解決できるかどうか、気になったのに違いない。

「分かりました。私だって長崎屋の跡取りです。ちゃんと実際に役立つ方法を考えてみますよ」

そう言ってから若だんなは、そっと仁吉に視線を送った。

(仁吉は凄《すご》い。この質問一つで、とにかく二人の争いを止めたんだから)

こんな止め方があったのかと、若だんなは内心舌をまいていた。長い年月を生きてきた妖《あやかし》のやりようは、人と一つ違うような気がする。後は若だんなが、二人が仲直り出来るよう、一色屋が困らぬよう、良案を見つけなくてはならなかった。

（もし兄や達みたいに、商売上の争いを鎮《しず》める考え方や話術を身につけられたら……確かに先々、役に立つだろうね）

店の奉公人同士とか、知り合いの店主達の間でとか、争いを目にすることは幾らもあるに違いない。それを解決出来たら、病弱な若だんなでも役に立てるのだ。

「よしっ」

若だんなは腕を組み、しばし真剣に考えを巡らせた。じきに一つ頷くと、お雛達に顔を向け、己なりの答えを出したと言って考えを口にする。

「この度の言い争いは、志乃屋さんに頼んだ千代紙の事が発端です」

よって、紙の仕入れをどうにかしたらどうかと、若だんなは言い出した。

「取引先を替えるんですか？」

ちょうど千代紙の袋を使っての商いが、上手《うま》く行き始めた所の話であった。戸惑いを見せるお雛に、若だんなが笑いかける。

「そこまでする必要は無いでしょう。ただ番頭さんか手代さんに、千代紙の仕入れを任せることは、出来るんじゃないですか？」

一度形の出来た取引であった。この後数の増減、千代紙の変更などがあるだろうが、それを志乃屋とやり取りする位ならば、番頭に任せても大丈夫だろう。

「あら……そうですよねえ」

言われて今気が付いたかのように、お雛が目をぱちくりとする。

「番頭さんが商いをする分には、相手が志乃屋さんでも気にならないでしょう？」

問われた正三郎が、何度も頷く。お雛と正三郎の目が合って、それから互いにおずおずと笑みを浮かべた。

（やれ、諍いは何とか収まったか）

若だんなは、なかなかの解決方法ではないかと思い、にこりと笑みを浮かべた。そしてここで、二人の兄や達の方をそっと見る。

（どうかな。兄や達はこの解決法に、何て言うかな？）

すると。仁吉と佐助の唇に、有るか無しかの苦笑が浮かんでいるではないか。二人は若だんなへの褒め言葉を、口にはしなかった。

「あ、れ？　もしかして……今の私の答えは、不可なの？」

「さて、お二方はどう思われましたかな」

仁吉達に聞かれ、お雛と正三郎は顔を見合わせている。

「その、良い案のように思われますが」

今のところ別の案も思い浮かばないと、正三郎が口にする。仁吉と佐助は、その意見にも良し悪《あ》しを言わなかった。

ただその顔が、何時になく人めかぬから、何やら恐ろしい。

「若だんなは、我らの問いに答えただけのこと。あれは若だんなに、色々考えて頂くための練習です。一色屋さんのことは、先々店を背負って行くお二人が決めねばなりません」

仁吉にきっぱりと言われると、二人は表情を硬くした。

「ではやはり、若だんなの考えは間違っていると？」

「ですからその事は、お二人が結論を出さねば」

仁吉がしかとした返答をしないので、正三郎が唇をすぼめ、少し顔を赤くしていた。

「判断するのは、我々ということですか。では、もう一度二人で対処の方法を考えてみます」

お雛達は若だんなに礼を言うと、早々に連れだって長崎屋を辞した。

お雛達が消えたのと入れ替わりに、妖達が離れに現れ、目にしたお雛の様子をあれこれ噂《うわさ》し始める。だが若だんなは、眉間《みけん》に皺《しわ》を寄せたままであった。それを見た屏風《びょうぶ》のぞきが首を傾《かし》げる。

「どうしたんだい、若だんな。仁吉さん達が問題なんか解かせたりしたから、疲れたのかい？」

それを聞いた鳴家《やなり》が、若だんなの膝《ひざ》の上によじ登り、羊羹《ようかん》を食べろと小さな手で欠片《かけら》を差し出してくる。しかし屏風のぞきは鳴家を、鼻先で笑った。

「おい、その羊羹は美味《うま》いぞ。だから三春屋の栄吉さんが作る菓子のように、気付け薬代わりにゃならないよ」

そう言うと、今はゆっくりするのが一番だと甘酒を勧めてくる。鈴彦姫《すずひこひめ》はどこで調達したのか、砂糖を添えた梅干しを取り出してきた。しかし若だんなは苦笑いを浮かべ首を振ると、兄や達を見つめた。

「ねえ、私の答えは不可だったんだろう？　どうして一色屋の二人に、はっきりそう言わなかったの？」

その一言を聞いた佐助が、あっさりと笑う。

「私が諸事お教えしたいのは、若だんなです。他家の商いのことは、その屋の者が考えればよいことで」

佐助も仁吉も、若だんな以外のことは一切、きれいさっぱり考えていないらしい。いつものこととはいえ、溜息《ためいき》が出る。

「やっぱり答えは間違いか。どうして違うの？　あれで二人は仲直りをしたじゃないか」

お雛がこだわっていたのは千代紙であって志乃屋の秀二郎ではないと、正三郎は分かった筈《はず》だ。あの解決方法では駄目な訳が、若だんなには分からない。

「はて仁吉さん、佐助さん、本当に若だんなの答えは間違っているのかい？」

最後の米饅頭《よねまんじゅう》を食べつつ、横から野寺坊《のでらぼう》が聞く。仁吉はその綺麗《きれい》な顔を、一層麗《うるわ》しく見せる笑みを浮かべつつ若だんなを見た。こう言うとき整った顔立ちというのは、大層嫌みに見えると若だんなは思う。

「若だんな、紙の上で解く鶴亀算《つるかめざん》でしたら、答えはあれで良かったと思います」

だが商いというのは、人と人が行うものなのだからと、仁吉が訳の分からぬ事を言う。佐助が横で、慰めるような顔付きをしたものだから、これがまた若だんなをへこませる。

「若だんな、お雛さんはきっと、若だんなの考え通りに事を運ぶでしょう」

他に考えがあるようにも見えなかったと、佐助が言う。お雛は許嫁《いいなずけ》の為に、千代紙の仕入れを番頭に託すに違いない。

「ですから、もしそういう事をしたらどうなるか、直《す》ぐに答えが分かります。何故我らが、若だんなの答えを不可としたか、理解できますよ」

「どうして今、正答を教えてくれないの？　そうしたら一色屋の二人も助かるじゃないか」

「そんなことをしたら、若だんなの教育になりません。それに、間違った答えを出してもいいんですよ。そんなとき、どう対処をするか。それもまた商いの鍛錬になります」

「だからそれじゃ、一色屋の二人が困ったままなんだってば」

若だんなが大きく息を吐くと、妖達がざわめいた。

「きゅんいー、どうして、何で駄目なんで？」

「やれ、商いは難しいのぉ」

「お雛さんの紅、綺麗でしたね。いいなぁ」

皆は火鉢と空になった菓子鉢の周りで、首を傾げている。

そして悔しいことに、若だんなはここで新たな手を打つことは出来なかった。考えても、駄目だと言われた訳が分からなかったからであった。

4

五日後、お雛と正三郎が、長崎屋の離れへと駆け込んできた。

「若だんな、とんでもないことになった」

一色屋で、大騒動が起こったのだ。

「錦絵屋《にしきえや》志乃屋さんが突然、千代紙を使った可愛《かわい》い紙袋を、売り出したんだよ」

「えっ」

予想外の出来事であった。

聞けば志乃屋の袋は、一色屋が作っている千代紙の袋と、大層似た品物であるという。おまけに、一つ、二つと小分けで売っているらしい。

「志乃屋の千代紙袋を買い、品物を入れて売り出す店が出てきてるんだ。それと、白粉《おしろい》より袋が欲しいというお客達も、いるそうな」

おまけに錦絵屋志乃屋には千代紙が豊富にあるから、袋の柄も多いと言い、お雛は赤い目をして座り込んでいる。今日も綿入れを着せられ、火鉢の猫板に寄りかかった若だんなは、眉《まゆ》を顰《ひそ》めた。

「一色屋さんの、千代紙袋入り白粉の売り上げに響いてますか？」

「……かなり」

寸の間目をつぶってから、若だんなは己の隣に座った兄《にい》や達へ目を移す。そして溜息を一つ、かみ殺した。

(参った。これが不合格の理由か。本当に、私が考えたやり方じゃ駄目だったんだ)

こうして実際に事が起こってから、分かったことが一つある。つまり若だんなが出した解決法には、志乃屋秀二郎の存在が、すぽりと抜け落ちていたのだ。

厚化粧を取ったお雛は、当人や、あの迫力の化粧顔を知っている者達が考えるよりもずっと、心引かれるかわいい娘であるのだ。

秀二郎は、塗り壁妖怪の孫と言われた厚化粧のお雛を知らない。その化粧故《ゆえ》に、顔を合わせた皆にぎょっとされたり、かわいい他の娘達を見て羨《うらや》んでいた娘を、見ていないのだ。

(秀二郎さんは、今のお雛さんのことを気に入ってるんだねえ)

ところが一色屋との取引が上手くいった途端、急にそのお雛と会えなくなった。秀二郎は面白くなかったのだ。

お雛に、己の気持ちを利用されたと思ったのかもしれない。腹を立て、意趣返しの行動を取ったのだ。そして兄や達はその行いを、見抜いていたに違いない。それで若だんなの答えを、不可としたのだろう。

商売には必ず相手がいる。こういうことなのかと、若だんなは得心した。

(兄や達は商いが絡《から》んだ事には、妙に鋭いんだから)

若だんなはしょげかえるお雛を見て、己のせいだと眉尻《まゆじり》を下げた。

「それにしても、似たような品物を志乃屋で売り出すなんて、きついやりようですね」

腕組みをして考え込んでいると、横に座って火に炭をくべていた佐助が、仁吉へちらりと苦笑を向けた。仁吉は小さな薬罐《やかん》を手に取り、特製だという煎《せん》じ薬を湯飲みに注ぐと、若だんなに差し出してくる。

「若だんな、私と佐助は、秀二郎さんがやることに、二通りの可能性があると考えておりました」

一つは今回志乃屋が取った方法、つまり商売物の千代紙を使って、お雛に対抗してくるやり方だ。だが仁吉が、やるかもと考えていたのは、もう一つの方法であった。

「若だんな、それは何だと思いますか」

仁吉はこういう状況になっても、お雛達はそっちのけにし、若だんなに教えをたれてくる。若だんなは薬湯を口にしてちょいと顔をしかめた後、思いついたことを口にした。

「志乃屋が、一色屋との取引を止《や》める。そう思ってたのかな」

「当たりです」

仁吉は嬉《うれ》しげな顔となり、もう一杯薬湯を勧めてくる。だがこのやり取りを見て、顔色を曇らせた者がいた。正三郎だ。

「仁吉さん、若だんなへ商いについての問題を出すなら、もっと役に立つものにしていただけませんか」

「役に立つ？　例えばどんな問いをお望みですか？」

「だから、どうやったら一色屋は、この危機を乗り越えられるか、とか」

一色屋は、年末支払いの時が来る前に、何とか店を続けられる程、金子《きんす》を稼がねばならないのだ。やっと売れる商品を作ったと思ったら、直ぐに競争相手が現れ、商いはまた苦しくなった。しかも一色屋が作っている千代紙袋は、当の競争相手に仕入れを頼っているときている。

八方塞《ふさ》がりであった。正三郎の声に力がない。

「若だんなが、あの錦絵屋を紹介してくれたんですよ。だから力を貸して下さい」

そう言った時であった。

「いてててっ」

突然足を押さえると、正三郎は飛び上がるように立ち上がった。天井が軋《きし》む。しかし部屋内を見まわした正三郎は、首を傾げた。

「あ、れ？　何もいない」

「足がつったんですか？」

驚いた顔のお雛を見て、正三郎が鼠《ねずみ》にでも齧《かじ》られたのかと照れ笑いをし、足をさすりつつ腰を下ろす。だが「ひゃっ」と声を上げると、また直ぐに立ち上がってしまった。

いつの間にか眼前に、佐助と仁吉が迫ってきており、正三郎の目を覗《のぞ》き込んできたのだ。

「あ、あの、何か……」

「正三郎さん、今、お雛さんのことで頭が一杯で、仕事のことにまで気が回らないのは分かるんですがね」

佐助が正三郎の目を、じっと見つめてくる。その迫力に、正三郎は思わず少しばかり身を後ろへのけ反らせた。

「だが、いいですか。一色屋さんをこの先支えるのは、お雛さんとその婿《むこ》、つまりあなたなんですよ」

その正三郎が、一色屋の危機にあたって若だんなに頼ってばかりでは、心許《こころもと》ないこと甚だしい。正三郎こそが、これはという考えを出して一気に店を建て直し、お雛を安心させなくてはならない筈なのだ。

「そ、そりゃあ分かっていますが」

首をすくめた正三郎を、今度は仁吉が横から見据えた。

「正三郎さん、お雛さんは綺麗《きれい》におなりですよね」

「そう、ですよ」

明るい言葉とは裏腹に、ぐっと冷たく聞こえる仁吉の言いようが、正三郎に腰を引かせる。だがその様子には構わず、仁吉は言葉を続けた。

「ですから今のお雛さんでしたら、縁談は色々ある筈ですよ。商家の次男、三男坊は、他家に養子にゆくか、暖簾《のれん》分けをして独立し店主となりたいんです。ですがどの店でも、もう一軒店を構えるだけの金子を用意するのは、大変です」

それにもし独立出来たとしても、最初は店を借り、ごく小さな商いから始める事が多い。よって家付き娘のいる店へ、すっぽり収まりたいという者はいつでもいた。

「正三郎さんがあまり頼りないと、婿がねに競争相手が現れますよ」

「なっ……」

その言葉を聞いた時、お雛は苦笑を浮かべ、正三郎は顔を強《こわ》ばらせた。兄や達から、とにかく己で考えてみろと説教され、二人は不安な表情のまま、離れから帰ってゆくことになった。

若だんなは二人の後ろ姿に、何か危ういものを感じるのだが、大人の色恋沙汰《ざた》が相手では、商売の問題よりも解決法が分からない。あっさり相思相愛な両親と、人ならぬ兄や達、妖《あやかし》に囲まれて、若だんなは育ったのだ。

男女の思いに詳しいとは、口が裂けても言えなかった。

5

「とにかく、一色屋の問題を解決する方法を、私も考えてみるよ」

お雛達が困ったままでは気の毒であった。ところが張り切った途端、若だんなはまたまた、熱を出して寝込んでしまった。

周りの者達は慣れたもので、あっと言う間に布団《ふとん》が敷かれ医者が現れ、薬湯が枕元《まくらもと》に置かれた。妖達が看病のまねごとをして盛り上がる一方、寝付いたのなら気晴らしも必要だと、顔なじみが三々五々、長崎屋の離れへ見舞いにやってくる。

端《はな》に訪れた岡っ引き、日限《ひぎり》の親分は今日も元気であった。枕元で長々と自慢話をしたあげく、その間に蒸し羊羹《ようかん》を一本平らげたものだから、残りの一本は、こっそり切り取って持ち去ろうとする鳴家《やなり》達との争奪戦となった。

その後見舞いに来たのは、菓子屋で修業中の栄吉で、手みやげの饅頭《まんじゅう》は羊羹を食べ損ねた妖達の間で、栄吉の生涯初めてと言ってよいほどの大歓迎を受けた。もっとも饅頭を食べた屏風《びょうぶ》のぞきは、大きな溜息と共に首を振り、早々に屏風の中に引っ込んでしまったが。

だが、一色屋のお雛も正三郎も顔を見せない。若だんなは布団の中でじれていた。

「けほっ、思いついたことがあるんだよ。ねえ、悪いけど長崎屋へ来てくれるよう、お雛さんに使いを出しちゃくれないかい」

若だんなは寝付いている間に、一色屋の品物を売り出す為《ため》の、新しい策を思いついたのだ。

「その、ごふっ、千代紙を使った紙袋の代わりに、紅や白粉を入れる、ごく小さな巾《きん》着袋《ちゃくぶくろ》を作っちゃどうかと思ってね」

ただ、全部に布袋を付けては物いりだ。だから店先で紅や白粉を買った者に、くじを引いてもらう形にしたらいいのではと思う。その方が面白がってもらえるだろう。布は仕立屋から、端切《はぎ》れを安く分けてもらえばいい。ただしいつもは手に出来ない、上等な絹物にするのだ。

要するに、得をしたという感じを客達に持ってもらう、そこが肝心の話であった。

「仁吉、佐助、どう思う?」

今度の思案に対する評価はいかにと、若だんなが布団から首を出し二人を見る。そこには、満足そうな柔らかい笑みが並んでいた。

「上手《うま》い案じですね」

「さすがは我らが若だんなです」

千代紙が必要でなくなれば、一色屋は志乃屋のことを気に病まずに済む。また今度のことで、お雛も商いを学んだことだろうと佐助が口にした。ただ。

「若だんな、これ以上長く喋《しゃべ》ってはいけません。一色屋さんには、熱が下がったら来て頂きましょうね」

何日か遅くなっても気にすることは無いと、兄や達は揃《そろ》って口にする。若だんなの体調は、一色屋より商いより大事だと言い張る。

ところが。

八つ時を過ぎた頃、突然お雛が離れに顔を出して来たのだ。

「これは、ちょうど良かった。ごほっ、お雛さん、話したいことがあったんです」

若だんなはさっそく、絹の小袋を作るという思いつきをお雛に語り始める。しかし幾らも経《た》たない内に、その話は尻切れとんぼになって、消えてしまった。茶と菓子を運んできた仁吉も、訝《いぶか》しげな顔をしている。

お雛は膝《ひざ》の上で両の手を握りしめ、身を固くして黙り込んでいたのだ。

「……お雛さん、どうかしましたか？」

若だんなが柔らかく声をかける。

途端、お雛が大粒の涙をこぼし、わっと声を上げて泣き始めた。


「正三郎さん、わざわざ来て頂いて、ありがとうございます」

「いや、お見舞いに来たいと、私も思っていたのですよ」

翌日のこと。長崎屋からの文を受け取った正三郎が離れへ見舞いに現れたとき、若だんなは床で半身を起こしていた。

だが見舞いの言葉を口にしている内に、正三郎の顔付きが強《こわ》ばる。後からもう一人、見舞客が現れたからだ。

男はにこりと若だんなに笑いかけ、錦絵屋《にしきえや》志乃屋の秀二郎だと名乗った。

「よく来て下さいました。あなたが秀二郎さんでしたか」

名だけは知っていたものの、初めて目にする秀二郎は大男であった。兄や達とて背は高いが、秀二郎は横幅も人並み以上だ。若だんなの前に見舞いの品だとして、沢山の江戸千代紙を持ってきていた。

錦絵の絵師が元絵を描いたという千代紙は、細かい絵柄がどれも見事で美しい。だが志乃屋と揉《も》めているせいか、横からその品を見た正三郎がちょいと口元を歪《ゆが》めている。

秀二郎は、ちらりとその正三郎に目をやってから、いかにもさりげなく切り出した。

「ところで若だんな、文を頂いたのでこうして参上致しました。はて何の御用でしょうか」

寝込んでいて外出が出来ないが、話したい事がある。それ故、長崎屋の離れまで来て頂きたい。若だんなは仁吉にそう書いてもらい、正三郎と秀二郎に文を出したのだ。

二人からの視線を受け、若だんなはまず秀二郎に顔を向けた。

「昨日、お雛さんが見舞いに来て下さいました。その時聞いたんですが、秀二郎さん、お雛さんに、縁談を申し込んだそうですね」

その言葉を聞き、正三郎が顔をしかめたが、既に承知していた様子で特には何も言わない。若だんなは少し咳《せ》き込んでから、秀二郎の顔を覗き込んだ。

「お雛さんに許嫁《いいなずけ》がおられるのは、ご承知ですか?」

「分かっています。今この部屋においでの、正三郎さんですね」

秀二郎が隣を見る。しかし正三郎はそっぽを向いて笑みもない。ちょいと苦笑を浮かべると、秀二郎は言葉を続けた。

「ですが、お二人はまだ婚礼前ですよね? それに」

ここで秀二郎は、顔付きを引き締める。

「一色屋さんは今、店が大変なご様子です。なのに正三郎さんは、まだ店を建て直すことがお出来にならないようだ」

ならば、新たな婚礼話が出てくるのも、仕方が無かろうと秀二郎は言い出した。一色屋に必要なのは、大店《おおだな》の息子ではなく、店を繁盛《はんじょう》させる力を持った者だと言うのだ。

「店が大変って……志乃屋が、一色屋の紙袋を真似《まね》て売り出したからだろうが」

思わずといった風情《ふぜい》で、正三郎が秀二郎を睨《にら》む。しかし秀二郎は落ち着き払っていた。

「あれしきのこと、商売をしていれば良くある話ですよ」

　商売敵がいようといまいと、一色屋は年末までに、方々への払いが出来るだけの金子《きんす》を用意せねばならないのだ。そうと言われて、正三郎の顔が一層険しくなる。するとここで若だんなが、今度は正三郎へ声をかけた。

「あの、一色屋さんの売り上げを伸ばす方法ならば、良い案が浮かんだのですが」

　さっと表情を明るくした正三郎に、若だんなが困ったような顔を向けた。

「ですが、私の考えを言うのは、少々待って欲しいと言われまして」

「言われた？　誰に、ですか？」

「お雛さんにです」

　若だんなは昨日お雛から、色々相談を受けたのだ。

「降って湧《わ》いた縁談のせいで、正三郎さんと揉めたと、その時聞きました」

　こんな時、正三郎ではなく若だんなの思いつきで一色屋が立ち直るのは考えものだとお雛は言ったのだ。お雛の祖父母、一色屋の店主夫婦が期待しているのは、正三郎の活躍だからだ。

　その言葉を聞き、秀二郎がおおような笑いを浮かべた。

「これは、私にも大いに好機が回ってきたようです。お雛さんは、お店の跡取り娘だ。一色屋さんには婿を取るに当たり、どうしても外せない条件がおありでしょう」

例えばお雛の夫は丈夫でなくてはならない。働き者でもあって欲しい筈《はず》だ。

店主に相応《ふさわ》しい、金儲《かねもう》けの腕も必要だろう。特に一色屋が大変な今こそ、その腕が欲しいに違いない。

「肝心なのは、正三郎さんが、そういう才覚をお持ちかどうかということですね」

すると正三郎が片方の唇を吊《つ》り上げ、勿論《もちろん》商いの腕はあると言い張った。ちゃんと、紅や白粉《おしろい》を売る、新しい算段も考えついている。それで一色屋は、また儲ける事が出来る筈だという。

そう言い切った後、正三郎は秀二郎を睨み付けた。

「さっきから聞いてると、あんたは店の話ばかりしているね。だがね、お雛さんは娘さんで、店でも金でもないんだよ」

店主になりたいからと、人の気持ちも考えず、他人の婚礼に割ってはいるなときつく言う。己とお雛は、一色屋がお雛の先々を案じていた、厚化粧が取れぬ頃からの縁なのだ。

「お雛さんが薄化粧になった途端、しゃしゃり出て来るんじゃないよ」

この言葉を聞き、秀二郎は軽く首を振った。そして以前お雛がしていたという、厚化粧の事は聞いていると言ったのだ。

「しかしその時お雛さんと出会っていても、私はきっと、化粧のことなんか気にしなかったと思いますよ」

やはり、縁談を申し込んだ筈だと言うのだ。正三郎が言い返した。

「今なら簡単に言えるさね。だがあの頃、他に縁談など無かったんだよ！」

双方がぐっと怖い顔となる。すると若だんなが布団の上で、苦笑を浮かべた。

「お二人とも、ちょいとこの辺で止《や》めておくんなさい。この離れで喧嘩《けんか》でもされた日には、私の兄《にい》や達が、お二人をのしてしまいかねない」

布団の横に立ち、正三郎達を見下ろしている大きな二人を見て、まず正三郎が座り直した。秀二郎も矛先を収めると、溜息《ためいき》混じりに言う。

「確かに言い争ったとて、勝敗のつく話じゃないですね」

だがこの言葉を聞いた若だんなは、大きくにこりと笑みを浮かべる。

「いや……けほっ、勝敗、つくかもしれないですよ」

「は？　勝ち負けを決められると？」

言われた二人が、目を見開いて見てくる。若だんなは布団の上で、密《ひそ》かに張り切っていた。

（上手くやるぞ。今度こそちゃんと、事に対応するんだ）

二人の男の緊張を感じ背筋を伸ばした若だんなは、また軽く咳きこんだ。するとそれを聞いた仁吉が、一旦《いったん》部屋から出て隣の間に消える。何やら声がした後、帰ってきた時はその手に薬湯を作る道具を抱えていた。

6

長崎屋の離れの暗がりでは、幾つもの声がしていた。

「ぎゅんいー、若だんな、何をするのかな？　勝負？　なあに？」

「おや、隣の部屋に誰かいるよ。あれは……」

「まあ綺麗《きれい》、おたえ様の着物かしらね」

「若だんなは、張り切っているようじゃないか。でも、寝ていなくて大丈夫なのかねえ？　ああ、この屏風のぞきが側《そば》に付いてないから、心配だよ」

語っているのは離れの闇《やみ》にいる妖《あやかし》達で、いつにない真剣な話に興味津々《しんしん》、部屋内を覗《のぞ》いているのだ。

しかしここで、若だんなの咳《せき》が続いたので、勝負についての詳しい話は、薬湯を飲んでからということになった。仁吉が急いで薬を用意するのを見て、途端に妖達は若だんなのことを案じ始める。

「あれ、いけない。若だんなったら、苦しそうだよ。また三途《さんず》の川へ行くのかしら」

「冗談じゃないよ。そうなったら大変だ。早く薬を飲まさなきゃ」

「効く薬。良い薬。きゅんわー、仁吉さん、たっぷり作ってる。若だんなが溺《おぼ》れちゃわないかな」

「我らも、若だんなの為に何かしなきゃ」

止まらぬ咳を聞いて渋い顔になった仁吉が、薬を煎《せん》じていた長火鉢の前を離れ、佐助と共に若だんなを布団に寝かしつけにかかる。妖達はその間に、部屋の隅に置かれた薬の入った薬罐《やかん》へ、影の内から近寄った。そしててんでに、これも入れた方が効くと、色々なものを薬罐に放り込み始めたのだ。

「きゅいきゅい、羊羹を入れた方がいい。甘くて美味《おい》しいから」

「鳴家、梅干しの方がいいと思うけど。砂糖を添えたら飲みやすいと思うけど、屏風のぞきさん、どうかしら？」

「鈴彦姫《すずひこひめ》、梅干しは薬湯に溶けるのかい？　それよりも、気付けにわさびはどうかな」

台所から調達してきたものを、あれこれと入れては混ぜる。その内薬湯がどろりとしてきたので、妖達はちょいと首を傾《かし》げ、薄めようと酒を足した。

鳴家はせっせと薬湯をかき混ぜながら、勝負の時秀二郎に殴られ、きっと正三郎はぺしゃんこにされると言い立てる。

「正三郎さん、於りんちゃんの叔父さん。きゅー、弱そう」

ここで屏風《びょうぶ》のぞきが首を傾げた。

「なに、殴り合いで勝負をつけるとは限らない。それにいざとなったら、若だんなが何ぞ言って、正三郎さんに助け船を出すだろう。だから大丈夫さね」

お雛も正三郎も於りんも、以前からの馴染《なじ》みであるからして、妖達はそちらを贔屓《ひいき》にしている。だから勿論《もちろん》、当然、若だんなもそうであろうと言うのだ。

仁吉が長火鉢の所へ戻ってくると、妖達はさっと影の内へ消えた。仁吉は薬湯を大きな椀《わん》に入れ、若だんなに持たせる。飲み終わったら勝負開始となる筈で、皆の目が薬湯を見つめた。

その匂《にお》いに一寸《ちょっと》顔をしかめた若だんなが、椀を口に運んだ。そして。

若だんなの口元から漏れ出たのは、明快なる規則の説明ではなく、苦しげな咳であった。仁吉が急いで背をさするが、顔色が蒼《あお》い。話すことも出来なくなった若だんなを心配し、仁吉が更に薬湯を飲ませる。

寸の間、若だんなが硬直した。

そして。

「ひゅえっ……？」

笛が鳴るような声を出し、若だんなはその手から椀を落とした。薬湯を吐き戻し、布団《ふとん》の上に崩れ落ちたのだ。

「わ、若だんなっ？」

「どうしたんです、若だんな。薬は飲み慣れておいででしょうに」

兄や達二人が悲鳴のような声を出し、急いで若だんなの襟元《えりもと》をゆるめる。その時、居間との境の襖《ふすま》がさっと開いて、女が三人姿を現し甲高い声を上げた。急な事で、誰が話したのかも分からない。

「何があったの？　大丈夫ですか？」

「ひ、ひえっ」

女の顔を見た途端、畳に手を突き、高く驚きの声を上げたのは秀二郎であった。女はその顔に、鏝《こて》で漆喰を塗り立てたかと思うほどに、白粉を重ねていたのだ。

「その化粧……」

言いかけて、秀二郎は言葉を止める。何故《なぜ》なら女の後ろには更にもう二人、塗り壁化粧の娘がいて、寝間での騒ぎを見つめていたからだ。

「あ、あの……」

呆然《ぼうぜん》としている男達を尻目《しりめ》に、塗り壁女達三人は若だんなに近寄ると、その無事を確かめる。若だんなは今も苦しげではあるものの、吐いて気分が良くなったのか、目に見えて顔色は戻ってきていた。手代達が頷《うなず》いたのを見て、女達はほっと息をつく。

「良かった、大丈夫なようね」

そう小声を漏らすと、三人は一旦居間へと戻ってゆく。秀二郎は隣の間に座った女達を、いささか呆然とした顔付きで見つめていた。

見直しても、三人の白粉はとにかく厚かった。更にその上に、芝居の化粧のごとく大胆に、紅や黛《まゆずみ》が乗せられているといった感じで、元の顔は想像しにくい。着ているものは、華やかで豪華な衣装であった。

ここで佐助が、まだろくに話せない若だんなに向かい、心配げに問う。

「あの、正三郎さん達の勝負のことなんですが、どうしますか。今日は一旦、皆さんに帰って頂きませんか？」

しかし若だんなは、か細い声で大丈夫だと言い張り、頑固に首を振った。大体こんな状況で話を先延ばしされたら、当人達は酷《ひど》く気になるではないか。隣の間にいる三人の女を指さす若だんなを見て、佐助が溜息をつき頷いた。

「分かりました。では勝負をして頂くことにしましょう」

佐助がそう言った時、不意に二つの部屋の間にある襖が閉まり、三人の姿を見られなくなった。すると襖の向こうから、もう話しても良いようですねと、落ち着いた馴染みのある声が聞こえてくる。

「秀二郎さん、聞こえていますか？」

「これは、お雛さんの声ですね」

「私は今日、昔やっていたような厚い化粧を、またやっております」

正三郎が、布団の横で目を見開いている。

「本当は若だんなに座を仕切って頂いて、似た化粧をした女の内誰が私なのか、秀二郎さんに当てて頂く予定でした」

だが若だんなが薬湯のせいで、返事も出来ない状態となってしまった。

「ですから私が直《じか》に、秀二郎さんに聞きます。今、三人の女を見たでしょう？　誰が私か、もう分かっておいでですか？」

「これが……先程若だんなが言っていた、勝負ですか?」

つまり、お雛の婿《むこ》になりたいと言ったからには、どんな化粧をしていようと、当人を見分けろということらしい。秀二郎は眉間《みけん》に皺《しわ》を寄せたが、直《す》ぐに、にこりと笑みを浮かべると、一つお雛に質問をする。

「それで私がもし、この質問に正答したら、お雛さんは、少しは私のことを認めて下さるのかな?」

するとここで、正三郎が話に割って入る。

「ちょいと待った。勝負なんだから、若だんなは私にも問題を出す筈だね。しかし私は、化粧をしたお雛さんの顔を見慣れている。どうするんですか?」

「正三郎さんには、若だんなから、別の質問が出る筈だったんですが」

だが若だんなはまだぐったりとして、ろくに声を出せない。ここで暗がりから微《かす》かな、不安そうな声がした。

「これは、拙《まず》いんじゃないかい。若だんなが倒れたままだ」

「あれじゃあ正三郎さんの、味方などできないよ」

この時仁吉が正三郎へ、若だんなから聞いていたという考えを、いささか面倒くさそうに伝えた。

「正三郎さんは先程、一色屋の売り上げを伸ばす方法を、考えついたと言いましたね」

己のことを、店を担《にな》って行く事の出来る、いっぱしの商売人だと言い切った。

「それが実際使える方法であるならば、お雛さんは正三郎さんのことを、見直すでしょう」

一色屋の主人夫婦も、ほっとする筈であった。

つまり秀二郎は、お雛を見分けなくてはならない。正三郎は、お雛に一色屋の紅や白粉を売る新しい案を説明しなくてはならない。これが勝負のお題であった。きちんとやってのけた方が、勝者となるのだ。

ここで、引き締まった顔付きをした秀二郎が、また問う。

「となると、引き分けもあるのですか？　誰が判定するのかな？」

すると若だんなが黙ったまま、ふらふらと手を持ち上げ襖を指さす。それを見た仁吉が、にっと笑った。

「お雛さんが決めるでしょう」

それなら文句はないなと言われ、男二人が居住まいを正す。いよいよ、全《すべ》てがはっきりとする時が来ていた。

7

二人の男の内、秀二郎が先に答えを出すと言った。

「その前に、もう一度お三方を見せては頂けませんか？」

「こちらの部屋に、座ったままでいて下さい」

仁吉がそう断ってから、また襖を開ける。すると先程と同じく、正面に三人の女が並んで座っていた。若だんなが寝ながら首を捻《ひね》り、女達に目を向ける。

(皆、おっかさん好みの着物を着てるなぁ)

多分皆で似た着物を着たいからと、お雛がおたえに頼み、若い頃の着物を出してもらったのだ。ここでもう一度三人の顔を見た若だんなが、不意にくいと眉《まゆ》を上げた。

(あれ、ま)

目を見開いた時、秀二郎がその唇に笑みを浮かべた。そして腕組みをすると、結論を口にする。

それは、思いも掛けない答えであった。

「この中に、お雛さんはいらっしゃいません」

「へっ？　どうして？」

人の声か、妖のものか、妙に間の抜けた言葉が部屋内に聞こえた。秀二郎は一つ頷くと、三人のおなごに目を向ける。

「単純なことです。目の前に、お雛さんがいるようには思えない。それだけです」

つまりお雛はこの離れの別の間にいて、皆の話を冷静に聞いているのではないか。秀二郎はそう推測したのだ。

当たっているや、否《いな》や。

「さて、どうでしょう」

さっそくに、秀二郎は答えを知りたいと言う。だが、若だんなが正三郎に目を向けたのを見て、仁吉が正三郎の答えを、先に知りたいと促した。

「私は……」

突然話を振られたせいか、一寸正三郎が言いよどむ。仁吉が、佐助が、すっと厳しい視線を送った。本当は何も考えついていないのではあるまいか。その目が、揃《そろ》ってそう語っている。

(ど、どうしよう。拙《まず》いことになってきた)

若だんなは、己の思いつきを話そうかとも思ったが、そんなことを口にしたら、この場で正三郎の負けが決まりかねない。何人もの目が、二人を見つめているのだ。誤魔化しはきかなかった。

(どうなってしまうんだ？)

もし秀二郎が勝ったら、お雛はどうするつもりなのだろうか。若だんなは咳をするのも忘れ、黙ったままの正三郎を見ていた。

すると。

正三郎が突然畳に両の手を突き、秀二郎に頭を下げたのだ。全員が息を呑《の》んだ。

「……これは、降参の意味ですか？」

秀二郎が問う。正三郎が顔を上げた。そして、きっぱりと首を振ったのだ。

「それは違います。つまりですね」

ここで正三郎が、己の案じを語り出す。

「思いついた店を建て直す案というのは、富くじ方式です」

つまり品物の内に、当たりくじを入れようというのだ。

(あ……私が考えた方法と、似ているよ)

若だんなが思わず顔を上げる。正三郎が考えた当たりの品は、懐紙を入れられる薄い紙入れであった。

お上からは度々、奢侈《しゃし》禁止のお達しが出ている。だが紙入れは着物の胸元に入れて持つ品であるから、華やかな柄のものも持てる。色々な柄を用意して、選んでもらうのも楽しい筈《はず》だと、正三郎は言う。

しかし、と、言葉を一旦《いったん》切った。

「勿論《もちろん》小さな紙入れであれば、布で作れます。そうしたら一色屋は、志乃屋に頼らずに済む。私も妙な心配をせずに済みます。ほっとするでしょう」

それならば何故、正三郎は秀二郎に頭を下げたのか。ここで正三郎が、秀二郎を見た。

「何故って、千代紙を使って紙入れを作った方が布で作るより、どう考えても安くかわいい品が出来るからですよ」

もし己の気持ちより、一色屋の売り上げのことを考えるのであれば、正三郎は布にこだわってはいけないのだ。それが正三郎が見つけた答えであった。

「何だかむかつく話でしたので、なかなか言いだせなかった。お雛さんに縁談を持ち込んだ男に、頭を下げるんです。嫌ですよ」

そう言った直ぐ後に、でも千代紙はこれからも売って下さいねと、正三郎が言う。これを聞き、秀二郎はあきれ顔であった。

「あのねえ。もし志乃屋がまた、その紙入れと似た品を売り出したら、どうするおつもりで？」

するると、今度は別の方から返事があった。

「その時は正三郎さんが、また別の案を考えますよ。そうでしょう？」

にこりと笑みを浮かべて話したのは、居間にいた三人の内、真ん中に座っている娘であった。その声を聞き、秀二郎が天井を仰ぐ。

「こりゃ参った！　お雛さんは目の前にいたのか」

大外れだと言い、情けなさそうに苦笑を浮かべている。正三郎を見ると確かに負けたと言い、ぽんと己の頭を叩《たた》いた。

「いやあ……参った」

それから暫《しばら》く、そのまま座り込んでいた。だがじきに居住まいを正すと、秀二郎は商いのことをよろしくと言って、正三郎に頭を下げ返したのだ。

一色屋と志乃屋は、商いを続けることと相成った。

「それにしても……分からないもんですねえ」

秀二郎は近寄ってきたお雛を、もう一度目を凝らして見ている。正三郎がお雛に、見たことのない着物を着ていると言うと、隣に座っていた女が、己の着物を貸したのだと楽しそうに告げた。

「……これはこれは。三人の内一人は、長崎屋のおかみさん、おたえさんでしたか」

正三郎の言葉を聞き、秀二郎は目を大皿のように見開いておたえを見ている。おたえは残りの一人に目をやり、小さく舌を出した。

「後の一人は、小僧頭の久太ですよ。ちょうど身近にいたんで、協力してもらったの」

「は？」

「何と、そちらは男の子でしたか」

どっと座が沸いて、離れに笑いが満ちる。やれ、白塗りをしてしまうと分からないものだと、皆が口々に話している。

天井もぎしぎしと、軋《きし》んでいた。

秀二郎が渋々、縁談を取り下げることを承知した後、客人達は寝付いた若だんなに遠慮をして、早めに帰っていった。

その後、若だんなの具合が急に悪くなったのに首を傾《かし》げた仁吉が薬湯を調べ、酷《ひど》く機嫌の悪い表情を浮かべている。仁吉は、椀《わん》の底から梅干しをつまみ上げた後、天井を睨《にら》んだのだ。

　そのせいか、寝ている若だんなの布団《ふとん》に入ってくる鳴家《やなり》がいない。若だんなは何だか気を落ち込ませながら、溜息《ためいき》を吐《つ》いていた。

「若だんな、また気持ちが悪くなったんですか」

　心配げに聞かれ、若だんなは首を振った。

「具合はもう、大分いいよ。でもね」

　若だんなはつい、溜息をついてしまうのだ。何故《なぜ》なら今回の一件、若だんなは見事に何も出来なかったのだから。

「初めの推測は間違えたし。次の考えは話すことも出来なかった。そして良い案じは、正三郎さんも考えてたよ」

　あげくいつものように、ちっとも変わらないことに、またこうして寝付いている。情けなさも募ろうというものであった。

「とんと役に立たないったら……」

　もっと、ちゃんとあれこれ出来るつもりであった。もう子供ではないのだから、きっと出来るのだろうと、思ってもいた。一生懸命やったのだ。それに……それなのに……。

布団の中で、若だんなが身を縮めたのを見て、兄《にい》や達が柔らかく笑っている。

「しくじりは、何回してもいいんです。次に繋《つな》げていけばいい。大丈夫ですよ」

そう言われると、その通りだとは思うものの、やっぱり気持ちは晴れない。一層の情けなさが募る。目に滲《にじ》んできたものすらあるではないか。

床の内の若だんなが、頭から被《かぶ》るように夜着《よぎ》を引き寄せる。すると。

「若だんなが、大変」

何があったのかと、鳴家達が決死の顔で兄や達の前を横切り、布団に入ってきた。

「頭痛い？　お腹《なか》痛い？」

ぺたぺたと触ってくる小さな手の感触が優しい。鳴家達は若だんなにすり寄っていたが、直に暖かくなったのか、揃って先に寝てしまった。

その寝顔を見ていると、何だかほっとしてくる。

(そうだね、また明日からがんばろう……寝込んでなければ)

兄や達が言うように、そして栄吉のように、一寸ずつ前へ進めばいい。そう思ってふっと一つ息をついたら、若だんなのまぶたも重くなってくる。

ふうわりともう一枚、布団が掛けられたのを覚えていた。

『いっちばん』文庫化記念

高橋留美子×畠中恵

相思相愛対談

写真・広瀬達郎

「高橋留美子先生の大ファンなので、お会いしてみたいんです……」
今回はそんな畠中さんの告白を受けて、国民的人気漫画家、高橋留美子さんに、文庫『いっちばん』の刊行記念対談のお相手になっていただけないかとお願いしました。するとなんと、高橋先生もしゃばけシリーズを愛読してくださっているというではありませんか！　どうやら高橋先生のほうでも、しゃばけシリーズについてお聞きになりたいことがたくさんあるようで。さてさて、世にも幸せな相思相愛対談のはじまりです！

しゃばけシリーズとの出会い

畠中　今日はお忙しい中、本当にどうもありがとうございます。

高橋　こちらこそ。どうぞよろしくお願いいたします。

畠中　しゃばけシリーズを読んでくださったと伺いまして、本当にうれしいです。どのようなきっかけで手に取っていただいたのでしょうか？

高橋　初めて読ませていただいたのは、文庫本で『しゃばけ』か『ぬしさまへ』が出た頃なので、五、六年前でしょうかね。私の実家は新潟なんですけど、お正月に帰ったら、兄が「これ、面白いから読んでみろ」と強く勧めてくれたんです。勧められるままに読んでみたら本当に面白かったので、東京に帰ってからすぐに単行本で出ている続編も買いそろえて、今もずっと新刊がでるたびに読ませていただいております。

畠中　それは感激です！

高橋　畠中さんは、時代小説はもともとお好きだったんですか？

畠中　私は作家の都筑《つづき》道夫先生に文章を習ったんです。都筑先生は江戸物も現代物も、ＳＦも少年少女物も、何でも書いていらっしゃる方で。だから私もジャンルを限定せずに書くのが普通だと思っていろいろ書いていたんですが、たまたま時代物の『しゃばけ』がデビュー作になったんです。

高橋　そうなんですか。時代小説のなかには、江戸の空気が描けていなくて、読んでいて「これはいくらなんでも江戸じゃないだろ」とつっこみたくなるものも時たまあるんですけど、しゃばけシリーズには、何と言うか、江戸の風のようなものが自然に感じられるんですよ。だから畠中さんって最初から江戸についてかなり詳しい方なんだろうと思っていました。

畠中　いえいえ。まあ、時代物は割と読んでいましたし、資料を読むのは結構好きだ

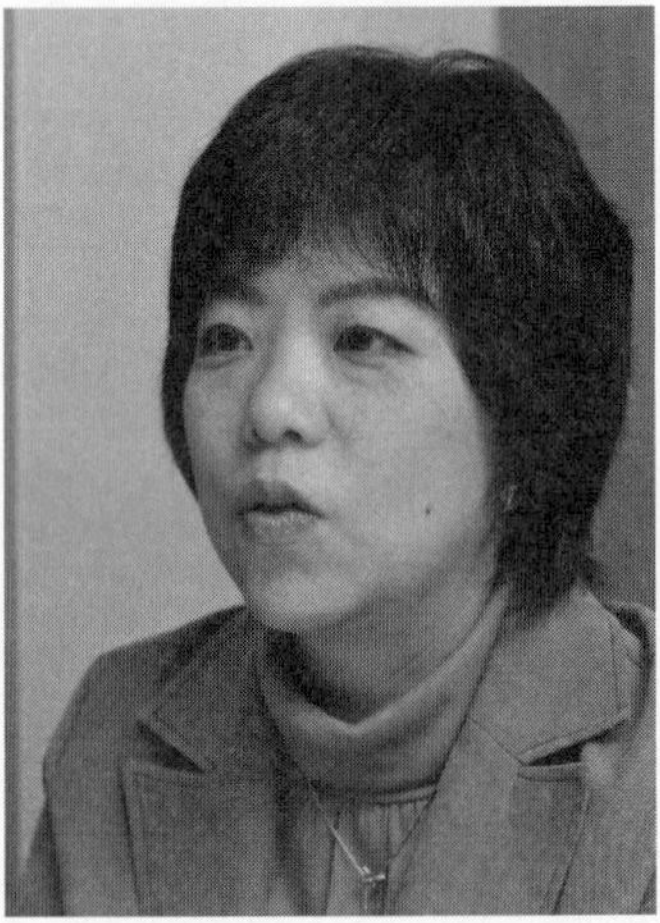

ったんです。だから『しゃばけ』を書くときもあまり抵抗なく調べながら書いていました。でも、シリーズが続くにつれ、資料集めに苦労するようになりましたね……。

高橋　妖《あやかし》たちのキャラクターって、どのようにして思いつかれるんですか？　それも江戸の資料からですか？　私は特に屏風《びょうぶ》のぞきが大好きなんですけれども。

畠中　『しゃばけ』を書くときに読み込んでいた、『画図百鬼夜行』などの江戸の資料に出てきた妖怪《ようかい》から膨らませました。江戸ぐらいだと、妖を描いた錦絵《にしきえ》とか、けっこう残っているんですよね。もっとも実際の絵をみると、屏風のぞきなんか、柴田ゆうさんのイラストとは大違いで、ものすごく怖い顔をしているんですよ。性格とかも資料に拠《よ》ったわけではなく、書いているうちにあいう風になってしまいました。

高橋　鳴家《やなり》も日本の伝統的な妖怪なんですよね？

畠中　そうなんです。資料を見ると、彼らも本当に恐ろしい顔をしてます。

高橋　しゃばけシリーズの鳴家はとってもかわいくて、まるで猫みたいですけどね。

畠中　日本のお化けとか付喪神《つくもがみ》って、役に立たないというか、何もしないのが多いんですよね（笑）。

高橋　そうそう。たとえば震々《ぶるぶる》というのは、自分でぶるぶる震えているだけ、という妖怪らしいんですよ（笑）。別に人を脅そうとするわけではなく、のんきな奴《やつ》らが多い。

畠中　確かにそうかもしれませんね。

高橋留美子（たかはし・るみこ）
一九五七年新潟県生まれ。漫画家。一九七八年、『勝手なやつら』でデビュー。『うる星やつら』『めぞん一刻』『らんま½』『犬夜叉《いぬやしゃ》』など、大ヒットを記録した数々の傑作を手がける。

高橋 なぜ日本に攻撃的な妖怪が少ないかっていうと、日本に人食い動物があまりいなかったからだと思うんですよ。熊《くま》はともかく、オオカミ、虎《とら》に襲われたりということが、外国に比べると少ないじゃないですか。だから日本の妖怪たちは、本当に怖い西洋の鬼のようにならずに、中途半端な愛すべき存在になったんじゃないかなと。お国柄なんでしょうかね。

畠中 なるほど。国がぐるっと海に囲まれて、常に侵略の脅威にさらされているという感じが薄いこともあるのかもしれませんしね。でも私にとっては、高橋さんが『人魚の森』で描かれた人魚のビジュアルの恐ろしさは忘れられませんね。

高橋 あれを描くときには、少年物ということもあって、あえて変わったことをしてみたかったんです。人魚だからって海から始めるのではなく、山にしよう、とか。山にいる人魚ならば、顔もああいう風でいいだろう、みたいなね。

畠中 そうだったんですね。私も資料は見ますけど、河童《かっぱ》などのメジャーな妖怪もけっこう自己流にアレンジして書いちゃってますね。

高橋 人魚もそうですけど、河童やミイラのビジュアルもいろんなパターンがありますし、もはや正解はあるようでないんですよね。

キャラクターは勝手に動き出す

高橋　畠中さんの文章ってすごく、読んでいると絵が見えてくるという気がするんですね。妖たちなんかも動いている姿が想像できるようで。それは畠中さんが漫画家をなさっていたこともあると思うんですけど。獺《かわうそ》と野寺坊《のでらぼう》のコンビのコントラストなんかも、さりげないけどすごく絵的で好きです。

畠中　あれも、書いているうちにいつのまにか何となくくっついてしまって、今でも相変わらずくっついてるんです。

高橋　そうなんですね。

畠中　それこそ高橋さんは、とにかく個性的で魅力的なキャラクターをたくさん描いてこられましたよね。最初にご自分の頭で「主人公の脇《わき》にこのキャラをおいて、それからあのキャラがこういうふうに動いて」という風に用意はされると思うんですが、そこから勝手にキャラが動き出してしまうことってありませんか？

高橋　なかなか自分で考えたようにうまく動いてはくれませんね。ネームを書きながら、しゃべり方とか服装とかも探り探りでやってます。最初からはまるとすごく楽なんですけど。

畠中　お付き合いしていく上でわかってくる、というような。

高橋　そうですねえ。あとは他のキャラクターとの相性みたいなものも、書いてみないとわからないですね。

畠中　ストーリー展開などについても、ネームをお描きになる前に、編集の方と綿密に打ち合わせなどをされているんでしょうか？

高橋　私は他の漫画家の方に比べても、けっこう打ち合わせをやる方ですね。ネームを編集さんに見てもらって、次の週はこんな感じですがどんなもんでしょうかと。でも中には、打ち合わせをしても全然別な物をあげてくる漫画家さんもいるそうですよ。

畠中　おお、剛の者ですね！　私も漫画を描いていたときは、ちゃんとネーム段階で打ち合わせをしてました。一本だけじゃ通してくれない編集さんだったので、次回はこうなりますよ、と二本分描いた上で、見てもらってました。あのころはまじめでしたねえ。

高橋　というと、しゃばけシリーズは、編集さんに次回のプロットを伝えなかったりということもあるんですか？

畠中　そうです、ほとんどそうだと言うか……。

高橋　でも、しゃばけシリーズはエピソードが出るたびに登場人物がどんどん成長しているじゃないですか。私は厚化粧のお雛《ひな》ちゃんもかなり好きなんですけど、いったん白壁という強烈なキャラ付けをして、そのまま引っ張ってもいけるのに、この『いっちばん』では化粧を落とすことでちょっと大人になってますよね。そういうキャラの成長のようなものも、その時々でパッと思いつくんですか？

畠中　それも書き進めるうちにそうなってました。編集さんも上がった原稿を読んではじめて「おお、こんな展開になりましたか！」と驚かれる感じです。他の小説家の方も結構そうなんじゃないかなあ。

創作の秘密、大公開

高橋　なるほど、漫画と小説はいろいろ違いがありますね。畠中さんには「どうしても書けない」みたいなスランプってありますか？

畠中　今がちょうどそうです（笑）。月末がちょうど締め切りなんですけど。私の場合、行き詰まると散歩に出るんですね。

高橋　どういうところを？

畠中　大型書店コースと名付けておりまして、池袋や新宿、東京駅周辺の大型書店をぼんやり歩きながらハシゴをして、本の背表紙を眺めて、活字を目にぽんぽん飛び込ませていくんですね。時々資料になりそうなものを買ったりして。それで何か思いついたら、その度にメモ帳にかりかりっと書きつける。お話を考えているときは、気づけば東京中をぐるぐる歩いています。

高橋　雨が降っても、真夏でも散歩されるのですか？

畠中　東京は便利なもので、そういうときは地下街をぐるぐる歩いてます。大型書店はだいたい地下街とつながってますからね。

高橋　それって健康にもいいですね。小説を書く時間帯って決まっていますか？

畠中　私の場合は、以前まで前日にゴミを出しちゃいけないところに住んでいたので、ゴミ出しの都合で朝方になっていた時期があったんですけど、引っ越したところが二十四時間ゴミを出せるので、最近はどんどん夜の方へずれてきました（笑）。でもプロットを考えるために散歩するのがお昼前ぐらいで、だいたい午後三時過ぎに書き始めて、でもテレビを見ちゃったりしてまた夜中に書いて、寝るのは午前一時半とか二時ですね。

高橋　常識的な生活サイクルですね。

畠中　それこそ私も高橋さんの執筆時間をお聞きしたかったんですよ。週刊誌連載ってすごく大変だと思うのです。いったいどのようなスケジュールでお仕事されたらこなせるものなんでしょうか？

高橋　私の場合は完全に夜型ですね。編集さんにネームの相談などで来ていただくのがだいたい夜の十一時半。そのあと朝の四時か五時まで書き続けるというのを二日続けて、ネームが上がったらアシスタントに夜の十一時に入ってもらう。それで次の日の朝八時か九時まで作画をやって、いったん解散して、またその日の夕方集まって描く、というようなパターンですね。漫画は夜の方が描きやすいような気がするんですよね。

畠中　かなり規則的なスケジュールなんですね。高橋さんは締め切りを破った事がないとお噂《うわさ》に聞いていましたが、なるほどと思いました。そういえばあの『うる星やつら』と『めぞん一刻』を同時に連載されていましたよね。性格の違う作品を平行して書き続けるというのは、創作的な面でも、単純に時間的な面でも、ものすごい偉業だと思っていました。

高橋　あのときは、『めぞん』を描きながら『うる星』のネタを考え、逆に『うる星』を描きながら『めぞん』を考えという感じで、両者が息抜きになっていた。

畠中　おお、息抜きですか!?

高橋　あの二作は、すごくやりやすい組み合わせだったんですよね。

畠中　『うる星』のほうは週刊連載で、『めぞん』は月刊でしたよね？

高橋　それが途中から『めぞん』を連載していた「ビッグコミックスピリッツ」が隔週刊になってしまったんですよ。その後さらに週刊化されたときには、さすがにちょっと無理です、と言いましたけどね。

畠中　そのころは月に何ページぐらい書いていらしたんですか？

高橋　単純計算で、『うる星』が十六枚の四回分だから、六十四枚ですか。『めぞん』が月二回でそれぞれ二十二枚とか二十四枚でしたから、四十四から四十八枚。計算してみると月に百十枚ぐらい、というところでしょうか。

畠中　ええっ、それが毎月ですか！

高橋　それはまだいいほうだったんですよ。その間に短編の「人魚」シリーズなどを描いたりもしていたんで、あのころはだいたい休まずにやってました。結構大変でしたけど、すごく楽しかったんです。

畠中　すごい、言葉もありません。

高橋　でも、小説を一人で黙々と書き続けるのはすごく大変だと思いますよ。一人だと怠けようと思えばいくらでも怠けられるじゃないですか。

畠中　そうなんです、いくらでも怠けちゃうんです。私は気が小さいので、締め切りのある雑誌ならまだ、追い立てられることで嫌でもやるんですが、締め切りが延ばせる書き下ろしだと、どうしてもだめですね。高橋さんはそんなことはないでしょうね。

高橋　私も、昔は一人でネームを書いてましたが、最近は集中力がなくなって、編集さんが待っているというプレッシャーがないときびしいですね。

畠中　そうですか？　三十年以上も週刊の連載をこなしていらっしゃる高橋さんの集中力は超人的だと思いますよ。

メディアミックスとの関わりかた

高橋　『しゃばけ』も実写ドラマ化されましたけど、ビジュアルが浮かびやすい作品だから、普通の小説より格段に映像化しやすかったんじゃないかな、と思います。

畠中　あれはあれで、独自の世界ができあがっていましたね。一応ドラマ制作の方がこちらの意見を聞いてくださったりもしたんですが、私は基本的に、別媒体になったものは作品とは別物と考えているんです。だから、ほとんどお任せしていたんですよ。

高橋さんも、アニメ化、ドラマ化、舞台化など、さまざまな形で作品がメディアミックスされていると思うんですけれども、そういうときはひとつひとつご意見を出されたりしているのですか？

高橋　『うる星やつら』のアニメ化のときは、私にお知らせがきたときには、作画も声優さんもすでに全部決まってたんですよ。
畠中　ええ!?
高橋　何せそのころは新人だったので。でも、私が何も言わなくても、声優さんもいい人をたくさんそろえていただいて、作品の仕上がりもとてもよかったんです。『うる星』の後は、だんだんこちらの話を聞いてもらったり、ということが増えてきたんですけど、アニメの場合は特に、やはりお任せするのが一番いいんだな、と思うようになってきました。
畠中　この間、まだ単行本にもなっていない作品をはじめてコミック化していただいたんです。若い漫画家の方だったので、ネームもひとつひとつ「これでいいですか？」と見せてくださったりしたんですけど、「どうぞどうぞ、お好きに描いてください」と言いました。いろいろ口を挟んではよくないんじゃないか、という意識がすごくありまして。
高橋　それはすごく大人の考え方だと思いますよ。なかなかそういう風に言ってくださる原作者は少ないみたいです。
畠中　自分の立場に置き換えてみたんですよ。まわりからああしろ、こうしろ、と言われてその通りにしているうちに、自分のなけなしのよいところだとか、ちょっとは尖《とが》った部分とかが、すべて削られてしまうような気がするんです。

高橋　なるほど。私はそこまで思えるのに何年もかかりましたね。

畠中　私の場合は、やはり売れなかった頃に似たような経験をしたので、よけいそう感じるのかもしれません。

師の教えが理解できる瞬間

高橋　畠中さんは『しゃばけ』で賞をお獲《と》りになってプロになられたんですよね。それまでに持ち込みとか賞への応募とかはなさっていたんですか？

畠中　それまでは九年近く、最初に申し上げた都筑道夫先生の小説教室に通っていたんです。そこで何作書いたかわからないぐらいたくさん小説を書いて、先生に見ていただいていたんですけれど、長い間全く褒めてもらえなくて。ようやく最後の方で、少し褒めていただけるようになったので、とりあえず投稿第一作を書いてみようと思って『しゃばけ』を書いて送ったんです。それが日本ファンタジーノベル大賞の優秀賞を受賞して、デビューすることになりました。

高橋　『しゃばけ』一作分がそのまま投稿作品だったんですね。小説の賞ってずいぶん長いものを送らなきゃいけないんだなあ。

畠中　小説は、単行本を出さないと、なかなかデビュー作として読者の目につきません。短編で賞を獲っても、枚数不足で、すぐに本は出せませんので、長い作品を募集している賞が多いです。

高橋　漫画の場合は、募集作は三十二ページ前後ですね。雑誌に載ることがデビューになるので、デビューしても単行本が出ないで終わってしまう人も多いんですよね。

畠中　私も漫画のほうは単行本を出せませんでした……。高橋さんは小池一夫先生の劇画村塾に通っていらしたころにデビューされたんですよね。

高橋　そうですね。小池一夫先生のところでは、当時はわからなかったのですが、ものすごく高度なことを習っていたように思います。そのときは、すごく大切な事をおっしゃっている、というのは分かるんですけど、理解まではできないというか。

畠中　たとえばどんなことですか？

高橋　そのころ「ラストシーンで主人公に印象的な笑顔をさせるといいよ」ということを習ったんですけど、生徒たちはみんなただ意味もなくキャラをニコッとさせるんですよ。でもそれが全く効果的じゃなくて。でも、デビューしたあと、『めぞん一刻』を書き続けて何年かたってから、ラストで自然とヒロインがニコッと笑っていたんです。「あれ、私が教わったのはこれだったのか」とそのとき気づいたんです。

畠中　私も都筑先生に習っていた期間がとても長かったので、そのお気持ちがよくわかります。先生に教わったことを本当に理解できるのは、プロになって作品をたくさん書き続けた後だったりしますよね。

高橋　創作にお仕事としてかかわってみないとわからないことって、たくさんありますよね。

畠中　本当にそう思います。今日は高橋さんとお話させていただき、長いあいだプロとして第一線で書き続けている方は、お仕事に対して本当に真摯《しんし》でいらっしゃるんだな、とつくづく実感しました。私も見習って長く書き続けていきたいものです。

高橋　ぜひお願いします。これからしゃばけシリーズがどういう風に展開していくのか、愛読者として本当に楽しみです！

（二〇一〇年十月某日）

この作品は二〇〇八年七月新潮社より刊行された。

宮部みゆき著

本所深川ふしぎ草紙

吉川英治文学新人賞受賞

深川七不思議を題材に、下町の人情の機微とささやかな日々の哀歓をミステリー仕立てで描く七編。宮部みゆきワールド時代小説篇。

宮部みゆき著

幻色江戸ごよみ

江戸の市井を生きる人びとの哀歓と、巷の怪異を四季の移り変わりと共にたどる。〝時代小説作家〟宮部みゆきが新境地を開いた12編。

宮部みゆき著

堪忍箱

蓋を開けると災いが降りかかるという箱に、心ざわめかせ、呑み込まれていく人々——。人生の苦さ、切なさが沁みる時代小説八篇。

宮部みゆき著

あかんべえ（上・下）

深川の「ふね屋」で起きた怪異騒動。なぜか娘のおりんにしか、亡者の姿は見えなかった。少女と亡者の交流に心温まる感動の時代長編。

宮部みゆき著

孤宿の人（上・下）

藩内で毒死や凶事が相次ぎ、流罪となった幕府要人の祟りと噂された。お家騒動を背景に無垢な少女の魂の成長を描く感動の時代長編。

宮部みゆき著

ほのぼのお徒歩《かち》日記

江戸を、日本を、国民作家が歩き、食べ、語り尽くす。著者初のエッセイ集『平成お徒歩日記』に書き下ろし一編を加えた新装完全版。

狐笛のかなた　上橋菜穂子著
野間児童文芸賞受賞

不思議な力を持つ少女・小夜と、霊狐・野火。森陰屋敷に閉じ込められた少年・小春丸をめぐり、孤独で健気な二人の愛が燃え上がる。

精霊の守り人　上橋菜穂子著
野間児童文芸新人賞受賞
産経児童出版文化賞受賞

精霊に卵を産み付けられた皇子チャグム。女用心棒バルサは、体を張って皇子を守る。数多くの受賞歴を誇る、痛快で新しい冒険物語。

闇の守り人　上橋菜穂子著
日本児童文学者協会賞・
路傍の石文学賞受賞

25年ぶりに生まれ故郷に戻った女用心棒バルサを、闇の底で迎えたものとは。壮大なスケールで語られる魂の物語。シリーズ第2弾。

夢の守り人　上橋菜穂子著
路傍の石文学賞・
巌谷小波文芸賞受賞

女用心棒バルサは、人鬼と化したタンダの魂を取り戻そうと命を懸ける。そして今明かされる、大呪術師トロガイの秘められた過去。

虚空の旅人　上橋菜穂子著

新王即位の儀に招かれ、隣国を訪れたチャグムたちを待つ陰謀。漂海民や国政を操る女たちが織り成す壮大なドラマ。シリーズ第4弾。

神の守り人　上橋菜穂子著
上 来訪編・下 帰還編
小学館児童出版文化賞受賞

バルサが市場で救った美少女は、〈畏ろしき神〉を招く力を持っていた。彼女は〈神の子〉か？　それとも〈災いの子〉なのか？

いっちばん

新潮文庫　は－37－7

平成二十二年十二月　一　日　発　行
令和　七　年　九　月二十日　十四刷

著者　畠《はたけ》中《なか》恵《めぐみ》

発行者　佐藤隆信

発行所　株式会社　新潮社

郵便番号　一六二―八七一一
東京都新宿区矢来町七一
電話　編集部(〇三)三二六六―五四四〇
　　　読者係(〇三)三二六六―五一一一
https://www.shinchosha.co.jp

価格はカバーに表示してあります。

乱丁・落丁本は、ご面倒ですが小社読者係宛ご送付ください。送料小社負担にてお取替えいたします。

印刷・大日本印刷株式会社　製本・加藤製本株式会社

ISBN978-4-10-146127-4　C0193